미리 보는
중학 국어
교과서

시

미리 보는 중학 국어 교과서 • 시

1판 1쇄 2013년 2월 15일
1판 2쇄 2014년 1월 15일

지은이 구자경, 기원서, 김부열, 김한용, 송창명, 양일규, 임영규
펴낸이 조영진

펴낸곳 고래가숨쉬는도서관
출판등록 제406-2012-000082호
주소 경기도 파주시 문발로 115, 302호(문발동, 세종출판벤처타운)
전화 031-944-9680 팩스 031-945-9680
홈페이지 www.goraebook.com 이메일 goraebook@naver.com

* 값은 뒤표지에 있습니다.
* 잘못 만든 책은 구입하신 서점에서 바꾸어 드립니다.

ISBN 978-89-97165-14-8 44800
ISBN 978-89-97165-13-1 44800(세트)

이 도서의 국립중앙도서관 출판시도서목록(CIP)은 e-CIP홈페이지(http://www.nl.go.kr/ecip)와
국가자료공동목록시스템(http://www.nl.go.kr/kolisnet)에서 이용하실 수 있습니다.(CIP제어번호: CIP2013000547)

미리 보는
중학 국어
교과서

시

엮고 씀 구자경, 기원서, 김부열, 김한용, 송창명, 양일규, 임영규

고래가 숨 쉬는 도서관

차례

2부 시의 이해

3부 시의 의도와 맥락

4부 시의 세계와 해석

재미있는 교과서 읽기, 우리 모두의 행복입니다

여러분!

'문학', 그러면 제일 먼저 무슨 생각이 드시나요?

"문학이요, 그거 가슴 찡하고, 행복한 시간 아닌가요?"

"생각만 해도 가슴이 뛰네요!"

왜, 그럴까요?

문학에 우리 이야기가 담겨 있기 때문은 아닐까요?

여러분, 지금 행복한가요?

문학이든 비문학 작품이든 모든 글은 인간의 삶과 체험의 반영입니다. 문학은 우리 삶을 아름다운 상상력으로 다양하게 빚어 만든 작품이며, 비문학 작품은 인간 삶의 현실을 더욱 분명하게 이해하고 설득하기 위한 결과물입니다. 우리는 이러한 글을 읽으면서 인간과 그 인간이 사는 사회를 이해하는 동시에 인간 개인의 삶 속에 내재된 고뇌와 갈등의 문제를 엿볼 수 있습니다. 이를 통해 어떻게 살아가야 할 것인가에 대해 진지하게 고민해 볼 기회를 갖게 되기도 합니다.

교과서는 이러한 문학과 비문학 글의 '보물 창고'입니다. 이 보물 창고의 가치를 이해하지 못하는 학생은 학교생활을 매우 힘들어합니다. 이런 어려움을 넘어 보물 창고의 보물을 얻는 기쁨은 독서에 있습니다. 독서하는 여러분은 독서 활동이 얼마나 행복한지 충분히 맛보았을 것입니다. 우리는 교과서 읽기를 통해 멋진 보물을 얻는 행복한 독서 여행을 떠나 보려 합니다.

2013년부터 우리나라 국어 교육은 새로운 변화를 시도하고 있습니다. 이제 국어는 국어 지식이나 문학 지식만을 배우는 것이 아니라, 창의적인 사고 능력과 올바른 인성까지 길러 주는 과목이 되었습니다. 국어는 모든 교과의 중심이며, 평생 동안 쓸 삶의 도구이기 때문입니다.

2013학년도부터 적용되는 2009 개정 교육과정에 따르면 중학교 국어 교과서는 모두 16종으로, 학년 구분 없이 모두 6권을 배우게 됩니다. 그러므로 전국 중학교에 보급되는 16종 중학교 국어 교과서는 모두 96권인 셈입니다. 여기에 실린 엄청난 글을 모두 읽을 수 없는 학생들을 위해 교과서에 수록된 주옥같은 글을 가려 뽑아 선보입니다. 먼저 교과서에 실린 작품을 시, 소설, 수필, 비문학 등 네 개 영역으로 나누고, 국가 교육과정의 성취 기준을 작품 선정 기준으로 정하여 우리 중학생들이 꼭 읽어야 할 글들을 여러 선생님들이 연구하고 토론하여 책으로 엮었습니다.

우리 집필 선생님들은 이 책을 재미있고 즐거워서 미소가 감도는 보물 창고 독서 자료집으로 만들었습니다. 이 책을 읽는 모든 학생들이 교과서의 보물을 많이 만나 행복하길 소망합니다. 교과서 독서 활동을 통해 아름답고 멋진 꿈을 꾸고, 그 꿈을 이루는 데 이 책이 좋은 역할을 할 수 있기를 기대해 봅니다. 한 권의 책이 여러분의 진로와 운명을 바꾸어 놓을 수 있습니다.

2013년 2월

집필자 대표 임영규

1. 작품 선정

시는 자연이나 인생에 대하여 일어나는 감흥과 사상 따위를 함축적이고 운율적인 언어로 표현한 글입니다. 2013학년도부터 적용되는 2009 개정 교육과정 중학교 국어 교과서 96권에 수록된 시 중에서 120편을 선별했습니다. 학생들이 시라는 장르에 재미있게 다가갈 수 있는 작품, 문학성이 높아 시에 대한 깊은 이해를 할 수 있는 작품, 일상생활에 밀착된 내용으로 학생들이 자신의 삶과 비교하며 살아 있는 감동을 느낄 수 있는 주제를 지닌 작품을 선정했습니다.

이렇게 선별된 시 작품들을 네 개의 대 주제로 나누고, 대 주제별로 각각 다섯 개의 소주제로 세분화하여 이 책을 구성하였습니다.

우선 첫 번째 대 주제인 '시의 표현'에서는 시에만 사용되는 특별한 표현 방법들을 살펴봅니다. 참신하고 기발한 문장의 아름다움을 느낄 수 있을 것입니다.

두 번째 '시의 이해'에서는 시의 내용을 이루고 있는 핵심 개념들을 통해 시를 감상하고 분석하는 방법을 소개합니다.

세 번째 '시의 의도와 맥락'에서는 시를 감상하는 다양한 관점을 익힙니다. 시 내용 자체(형식, 내용적 요소)만을 해석하거나 시에 반영된 작가, 사회 문화, 독자들의 주체적 감상 등 다양한 접근을 통한 감상법을 익히며 시를 깊이 있게 이해할 수 있는 시각을 가질 수 있을 것입니다.

네 번째 '시의 세계와 해석'에서는 실제 삶에서 시를 이해하고 즐길 수 있는 방법들에 대해 이야기합니다.

2. 이 책의 구성

• '들어가며'는 시를 감상하기 전에 문학 작품인 '시'에 가까이 갈 수 있는 준비를 합니다. 문학의 성취 기준을 익힐 수 있도록 시 감상의 원리와 방

법, 시를 구성하는 요소, 다양한 관점 등을 자세히 알아봅니다.

• 대표시 '감상 길잡이'

주제를 가장 잘 드러내는 시 한 편을 감상한 후 풍부한 배경지식을 곁들인 해설을 통해 시를 감상하고 해석하는 눈을 기를 수 있습니다.

• 선정 작품 '감상 길잡이'

주제에 맞는 대상 작품을 뽑아 감상합니다. 작품마다 원리와 맥락을 찾는 해설을 통해 시 이해의 토대를 탄탄하게 다질 수 있습니다.

• '시 속으로'

시를 감상하며 누구나 궁금해하는 일반적인 사항과 색다른 관점을 반영한 사항들을 적절히 제시함으로써 창의적 사고력을 길러 주는 것은 물론이고 작품 이해의 새로운 묘미를 느낄 수 있습니다. '예시 답안'을 제시하여 다른 사람들의 생각과 자신의 생각을 비교해 볼 수 있습니다. 자신이 먼저 생각해 보고 예시 답안과 비교하면 시를 깊이 있게 이해하는 데 큰 도움이 될 것입니다.

시를 읽는 것은 상상의 세계로의 여행입니다. 단 한 줄로 이루어진 시구 속에 숨겨진 삶의 감동과 아름다움을 찾아가는 과정에서, 여러분은 자기 마음의 키가 어느덧 한 뼘은 훌쩍 자라 있는 것을 발견할 수 있을 것입니다. 자, 이제 여행을 떠나 볼까요!

* 작품은 교과서에 수록된 원문 그대로를 실었으며 몇몇 작품은 교과서에 수록될 때 삭제된 부분의 원문을 찾아 수록했습니다.
* 맞춤법, 띄어쓰기도 교과서에 수록된 원문을 따랐습니다.
* 어려운 낱말은 쉽게 낱말 풀이를 해 놓았습니다.

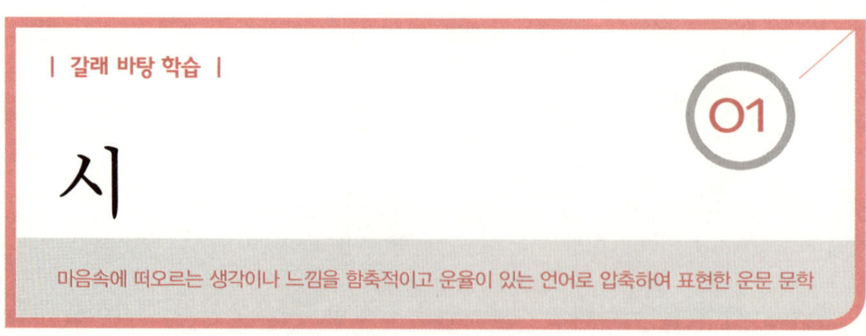

| 갈래 바탕 학습 |

시

01

마음속에 떠오르는 생각이나 느낌을 함축적이고 운율이 있는 언어로 압축하여 표현한 운문 문학

❖ 시의 3요소

① **의미적 요소(주제)** 시인이 시를 통해 전달하고자 하는 사상이나 중심 생각

② **음악적 요소(운율)** 시를 읽을 때 느껴지는 말의 가락(리듬)

③ **회화적 요소(심상)** 시를 읽을 때 마음속에 떠오르는 감각적인 모습이나 느낌

❖ 시의 형식적 요소

① **시어** 시에 쓰인 말

② **시구** 시어가 모여서 이루어진 구절

③ **행(시행)** 시를 이루는 한 줄 한 줄의 단위

④ **연** 하나 이상의 행이 모여서 이루어진 하나의 의미 단위

❖ 시의 갈래

구분	갈래	설명
내용에 따라	서정시	개인의 감정이나 정서를 주관적으로 표현한 시
	서사시	역사적 사실이나 신화, 전설, 영웅의 사적 따위를 서사적 형태로 쓴 시
	극시	운문으로 표현된 희곡 형식의 시
형식에 따라	정형시	시조처럼 일정한 형식에 맞추어 쓴 시
	자유시	정하여진 형식이나 운율에 구애받지 아니하고 자유롭게 쓴 시
	산문시	행을 구분하지 않고 줄글(산문) 형식으로 쓴 시

❖ 시의 화자와 어조

① 시의 화자 시 속에서 말하는 이로, 시인이 자신의 생각이나 느낌을 효과적으로 드러내기 위해 시 속에 내세우는 인물이다. 시의 화자는 시의 표면에 직접적으로 드러나는 경우도 있지만 숨어 있는 경우도 있다.

② 시의 어조 시적 대상이나 독자에 대한 화자의 태도 또는 목소리로, 어조는 선택되는 시어와 서술어의 어미에서 잘 드러나며 시 전체의 느낌과 분위기를 형성한다.

❖ 시의 심상(이미지)

시를 읽을 때 마음속에 떠오르는 모습이나 느낌으로, 시의 함축적 의미를 효과적으로 전달하고, 대상을 구체적이며 생생하게 표현한다.

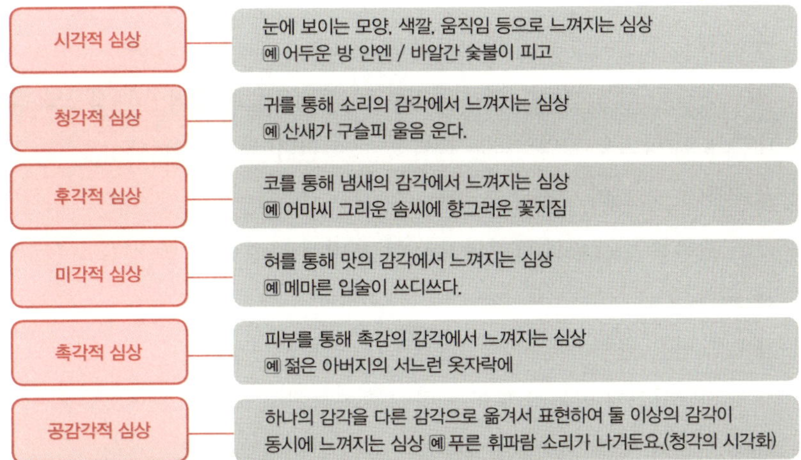

❖ 시의 운율

① 운율의 종류

- 내재율 일정한 규칙이 없이 시 속에서 은근하게 느껴지는 운율로 자유시나 산문시에서 두드러지게 나타남.
- 외형률 시어의 일정한 규칙에 따라 시의 표면에 뚜렷하게 드러나는 운율로 정형시에서 주로 나타남.

② 운율을 형성하는 요소

- 동일한 음운(자음, 모음)의 반복 예 서늘한 돌담에 달빛이 들어 → 자음 'ㄹ'의 반복
- 단어, 구절, 문장 구조의 반복 예 산산이 부서진 이름이여! / 허공 중에 헤어진 이름이여! / 불러도 주인 없는 이름이여!
- 일정한 글자 수의 반복 예 비 오자 장독간에 봉선화 반만 벌어(3 · 4조)
- 음보의 규칙적 반복 예 돌담에 ∨ 속삭이는 ∨ 햇발같이(3음보)
- 의성어나 의태어의 사용 예 나비는 너훌너훌 춤을 춥니다.

❖ 시의 표현 기법

① 비유 표현하려는 현상이나 사물(원관념)을 그것과 유사한 다른 현상이나 사물(보조 관념)에 빗대어 표현하는 방법으로 비유에는 직유법, 은유법, 의인법 등이 있다.

예 별 같은 눈물(직유법) / 내 마음은 호수요(은유법) / 배추의 마음(의인법)

② 상징 인간의 사상, 감정, 경험 등의 추상적 내용을 구체적인 대상으로 나타내는 표현 방법으로 원관념은 숨기고 보조 관념만으로 나타낸다.

예 비둘기–평화의 상징

③ 역설 겉으로는 모순된 표현이지만 잘 음미해 보면 그 속에 진실을 담고 있는 표현 방법

예 아아 님은 갔지마는 나는 님을 보내지 아니하였습니다.

④ 반어 전달하고자 하는 의도와는 반대로 표현하여 의미를 강조하는 방법

예 나 보기가 역겨워 / 가실 때에는 / 죽어도 아니 눈물 흘리우리다.

| 갈래 바탕 학습 |

02

시조

고려 중기에 발생, 고려 말기에 그 형식이 확립되어 현재까지도 창작되고 있는, 3장 6구 45자 내외의 형식을 갖춘 우리나라 고유의 정형시

❖ 시조의 형성과 명칭

① 시조의 형성　신라 향가와 고려 가요(속요)의 영향을 받아 고려 중엽에 발생하여 고려 말기에 그 형식이 완성되었으며, 조선 시대에 들어와 훈민정음이 제정됨에 따라 우리 국문학의 대표적인 문학 양식으로 확고한 위치를 차지하게 되었음.

② 시조의 명칭　원래 단가(短歌)로 부르던 것을 영조 때의 가객(歌客) 이세춘이 '시절가조(時節歌調, 당시에 유행하던 노래)'라는 새로운 곡조를 만들어 부른 데서 생긴 이름임.

❖ 시조의 형식

① 초장, 중장, 종장의 3장 6구 45자 내외로 구성된다.

② 각 장은 2구, 4음보, 15자 내외로 구성된다.

③ 대체로 3 · 4조 또는 4 · 4조의 기본 음수율로 되어 있다.

④ 종장의 첫 음보는 반드시 세 글자(3음절)로 고정되며, 제2음보는 5음절 이상이다.

❖ 시조의 종류

① 형태상 갈래

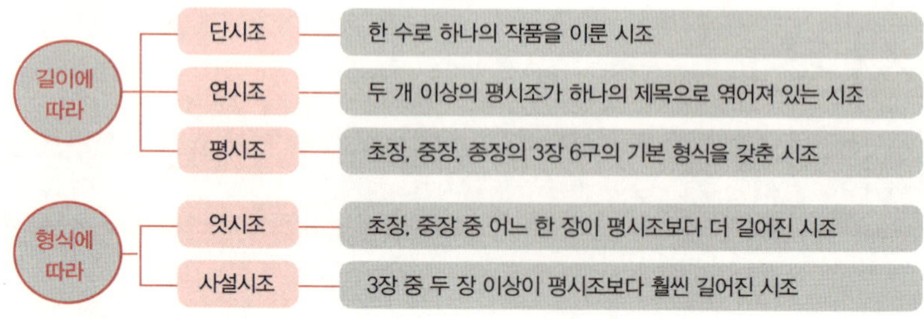

② 시대상 갈래

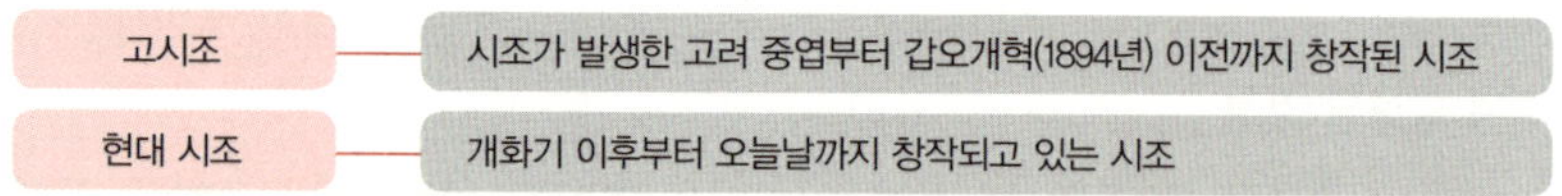

❖ 고시조와 현대 시조의 비교

① 고시조가 유교 사상(충, 효, 신의), 안빈낙도, 풍류, 자연 친화 등을 노래하였으나, 현대 시조는 개인적 생활이나 정서 등을 노래한 것이 많다.

② 고시조는 대부분 제목이 없지만, 현대 시조는 제목이 있는 경우가 많다.

③ 고시조는 작가가 알려져 있지 않으나, 현대 시조는 대부분 작가가 알려져 있다.

④ 고시조는 주로 평시조로 창작되었으나, 현대 시조는 연시조의 형태가 많다.

⑤ 현대 시조는 고시조의 엄격한 정형성에서 벗어나서 시행의 배열이 비교적 자유롭다.

⑥ 고시조는 지배층(임금, 양반)에서 평민, 기녀에 이르기까지 다양한 계층에서 창작되었지만, 현대 시조는 주로 전문적인 시조 작가에 의해 창작된다.

| 갈래 바탕 학습 |

03

소설

현실 세계에서 있음 직한 일을 작가가 상상하여 꾸며 쓴 이야기

❖ 소설의 특징

① 허구성 사실이 아닌, 작가가 상상하여 꾸며 낸 이야기이다.

② 서사성 인물, 사건, 배경을 갖추고 일정한 시간의 흐름에 따라 내용이 전개된다.

③ 산문성 운문이 아닌, 줄글 형식으로 표현되는 산문 문학이다.

④ 개연성 현실 세계에서 있음 직한 이야기를 다룬다.

⑤ 진실성 꾸며 낸 이야기이나, 삶의 진실한 모습과 진리를 추구한다.

⑥ 예술성 예술적인 형식미와 표현미를 통해 아름다움과 감동을 느낄 수 있다.

❖ 소설의 3요소

① 주제 작가가 작품을 통해 전달하고자 하는 중심 생각

② 구성 이야기의 내용을 효과적으로 전달하기 위해 필연적인 인과 관계에 따라 사건을 유기적으로 질서 있게 배열하는 것

③ 문체 작가의 개성 있는 문장 표현

❖ 소설 구성의 3요소

① 인물 소설 속에 등장하는 사람으로 행동의 주체

② 사건 인물이 벌이는 일이나 행동으로, 소설에서 사건이란 갈등의 발생과 전개를 의미함.

③ 배경 인물이 생각을 펼치거나 행동을 하는 시간과 공간(장소), 또는 사회상

❖ 소설의 배경

① 시간적 배경 인물이 행동하고 사건이 일어나는 시대나 기간

② 공간적 배경 인물이 행동하고 사건이 일어나는 모든 장소

③ 사회적 배경 작품 속에 나타나는 그 시대, 그 지역의 역사나 풍속 또는 삶의 모습을 가리키며 정치, 경제, 종교, 문화는 물론 직업, 계층, 연령까지 포함됨.

❖ 소설의 구성 단계

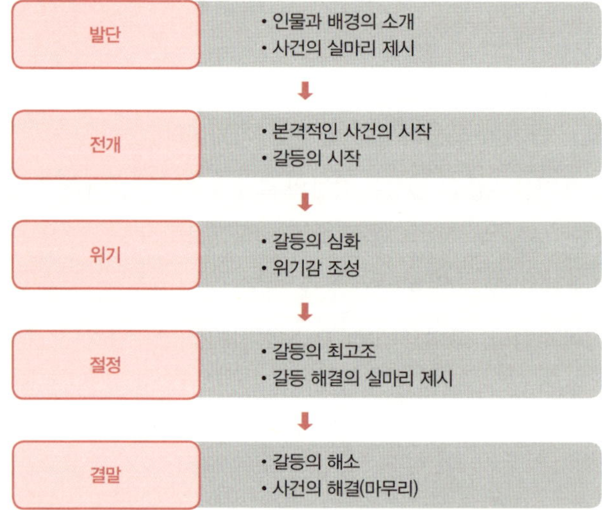

❖ 소설의 갈등

① 내적 갈등 한 인물의 내면에서 일어나는 심리적 갈등

② 외적 갈등 인물과 외부 대상 사이에서 일어나는 갈등

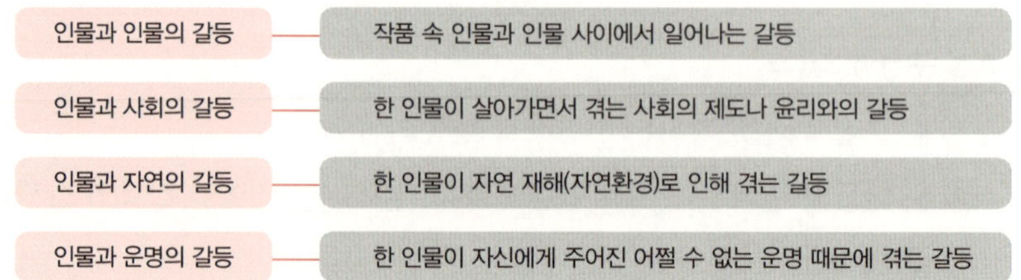

❖ 소설의 인물 유형

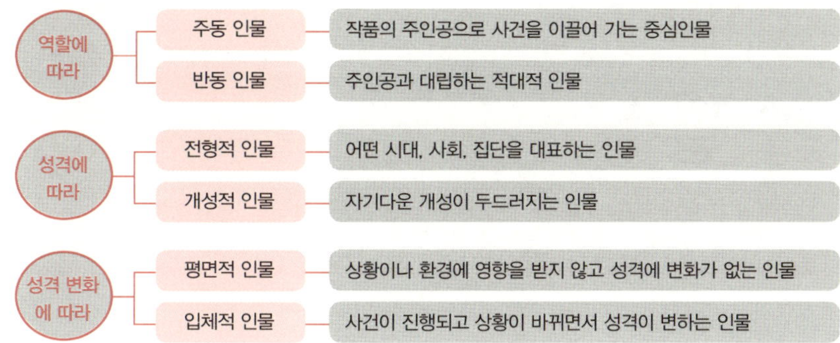

❖ 인물의 성격 제시 방법

① 직접적 제시(요약적, 설명적, telling) 서술자가 직접 인물의 성격이나 특성을 직접적으로 요약하여 설명하는 방법

② 간접적 제시(극적, showing) 인물의 말이나 행동, 갈등의 장면 등을 통해 인물의 성격이나 특성을 간접적으로 제시하는 방법

❖ 소설의 시점

서술자가 소설 속 이야기를 서술하여 나가는 방식이나 관점

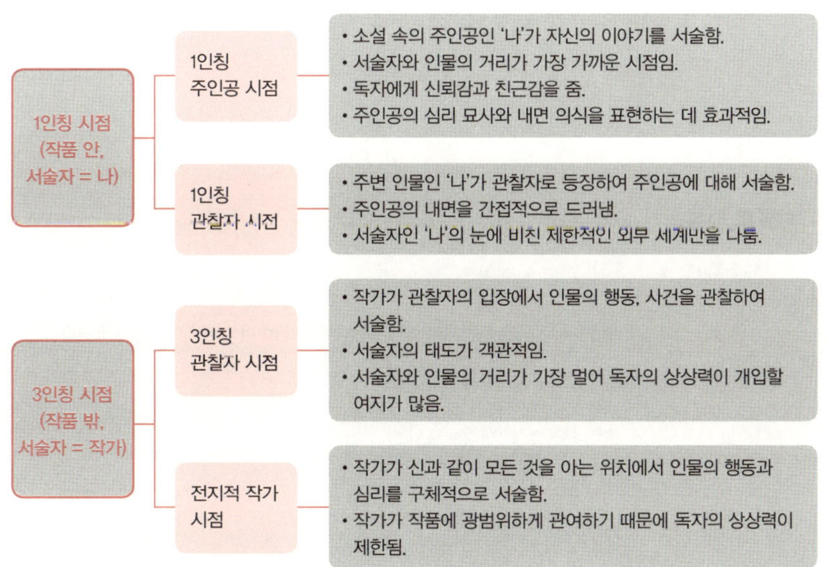

| 갈래 바탕 학습 |

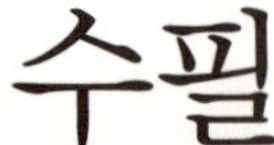

수필

인생이나 자연 또는 일상생활에서의 느낌이나 체험을 일정한 형식을 따르지 않고 자유롭게 쓴 글로 글쓴이의 개성과 가치관이 잘 드러나는 글

❖ 수필의 특성

① 자유로운 형식 일정한 형식에 얽매이지 않고 붓 가는 대로 자유롭게 쓰는 글

② 비전문적(대중적) 전문성이 요구되지 않아 누구나 쉽게 쓸 수 있는 대중적인 글

③ 제재의 다양성 일생생활에서 보고, 듣고, 느낀 모든 것이 제재가 될 수 있는 글

④ 주관적, 개성적 글쓴이의 생각과 느낌을 위주로 표현하며 글쓴이의 개성이 드러나는 글

⑤ 고백적 글쓴이의 생각과 느낌, 가치관, 인생관 등을 솔직하게 고백하는 글

⑥ 사색과 통찰, 비평 사물이나 인생에 대한 글쓴이의 깊이 있는 사색과 통찰이 담겨 있고, 대상에 대한 날카로운 비평 정신이 담겨 있는 글

❖ 수필의 종류

① 경(經)수필(미셀러니, miscellany)

뜻	일상생활 속에서 경험한 여러 가지 일들에 대한 글쓴이의 생각과 느낌을 표현한 수필
성격	체험적, 개성적, 신변잡기적
특징	• '나'가 겉으로 드러나며, 자기 고백적임. • 친근하고 가벼운 느낌을 줌.
종류	일기, 편지글, 기행문 등

② 중(重)수필(에세이, essay)

뜻	사회적인 문제나 공적인 문제, 사회적 관심거리에 대해 논리적으로 표현한 수필
성격	논리적, 사회적, 비평적
특징	• 일반적으로 '나'가 드러나지 않으며, 객관적인 근거를 들어 논리적으로 전개함. • 무겁고 딱딱한 느낌을 줌.
종류	평론, 칼럼 등

❖ 수필의 감상 방법

① 글쓴이의 생각이나 가치관 및 제재에 대한 글쓴이의 입장, 글의 주제를 파악한다.

② 글쓴이의 개성적이고 독특한 문체, 표현 등을 살펴본다.

③ 글쓴이의 생각과 느낌, 인생관, 가치관 등을 자신과 비교해 본다.

④ 글쓴이가 독자에게 주려는 교훈을 파악하며 삶에 대해 성찰해 본다.

❖ 수필의 개성

① 제재의 개성 일상적인 제재는 참신성이 없으므로 수필은 독특한 사건이나 사물에서 받는 '지배적 인상' 등을 제재로 하여 개성을 드러냄.

② 관점의 개성 같은 사물과 현상을 바라보더라도 글쓴이의 태도나 시각에 따라 주제와 표현이 달라지는데, 이처럼 소재를 선택하고 바라보는 글쓴이의 관점의 차이에 따라 수필의 개성이 드러남.

③ 표현의 개성 단어의 선택, 문장의 길이, 묘사 · 서사 등의 서술 방법의 선택, 위트와 유머 감각, 심리 표현 등을 통해 개성이 드러남.

| 갈래 바탕 학습 |

시나리오

드라마나 영화의 제작을 목적으로 쓴 대본

❖ 시나리오의 특징

① 대사와 지시문으로 표현되며, 장면(S#)을 기본 단위로 한다.

② 드라마나 영화의 촬영을 전제로 하고, 촬영을 고려한 특수 용어가 사용된다.

③ 시간적 · 공간적 제약을 크게 받지 않는다.

④ 등장인물 수나 장면의 전환에 제한을 받지 않는다.

⑤ 등장인물 간의 갈등과 대립을 중심으로 이야기가 전개되는 산문 문학이다.

⑥ 눈앞의 사건처럼 현재형으로 진행된다.

❖ 시나리오의 구성 요소

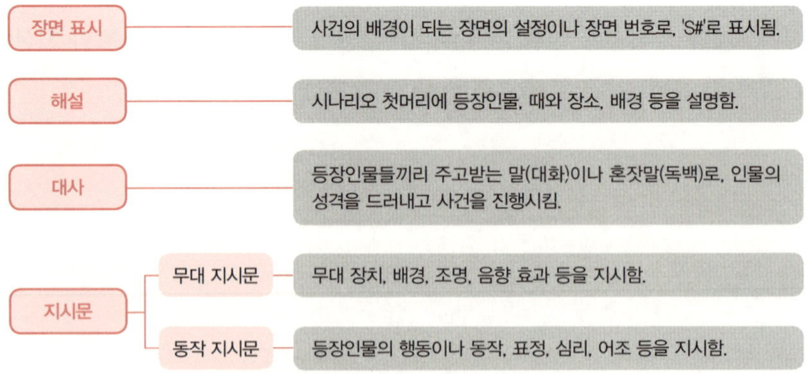

❖ 시나리오의 구성 단계

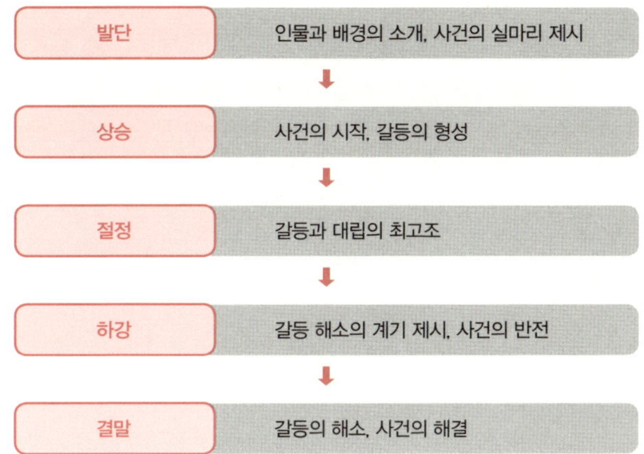

❖ 시나리오 용어

① S#(scene number) 장면 번호

② NAR.(narration) 해설. 화면 밖에서 들리는 설명 형식의 대사

③ F.I.(fade in) 화면이 차츰 밝아지는 기법

④ F.O.(fade out) 화면이 차츰 어두워지는 기법

⑤ O.L.(overlap) 앞 화면에 다른 화면을 겹쳐서 장면을 전환하는 기법

⑥ C.U.(close-up) 어떤 특정 부분을 강조하기 위해 크게 확대하여 찍는 기법

⑦ INS.(insert) 삽입 화면. 화면과 화면 사이에 다른 화면을 끼워 넣는 것

⑧ E.(effect) 효과음. 주로 화면 밖에서의 음향이나 대사에 의한 효과

⑨ PAN.(panning) 카메라를 상하좌우로 움직이며 촬영하는 기법

⑩ 몽타주(montage) 따로따로 촬영한 화면을 적절하게 떼어 붙여서 하나의 긴밀하고도 새로운 장면이나 내용으로 만드는 기법

❖ 희곡의 특징

① 막과 장을 기본 단위로 한다.

② 현재 눈앞에서 일어나는 사건처럼 현재형으로 진행된다.

③ 등장인물 간의 대립과 갈등을 중심으로 사건이 전개된다.

④ 무대 상연을 목적으로 하므로 등장인물의 수, 시간과 공간적 배경, 작품의 길이 등에 제한이 있다.

⑤ 무대 상연을 전제로 하므로 사건 전개, 인물의 성격, 주제의 형상화 등이 등장인물의 대사와 행동을 통해 표현된다.

⑥ 인물의 대사와 행동만으로 모든 사건과 상황을 설명해야 하므로, 소설 등 다른 서사 문학에 비해 표현이 간결하고 압축적이다.

❖ 희곡의 구성 요소

① 내용적 요소

요소	설명
인물	희곡의 등장인물로, 사건을 이끌어 가는 주체
사건	등장인물들이 벌이는 갈등과 행동 양상
배경	사건이 일어나는 시간과 장소

② 형식적 요소

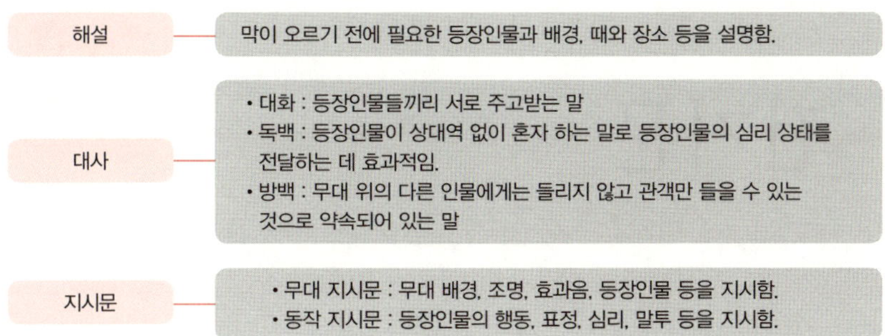

❖ 희곡의 구성 단계

발단
- 인물과 배경 제시
- 사건의 실마리 제시

⬇

전개
- 사건의 시작
- 갈등과 긴장감 고조

⬇

절정
- 갈등의 최고조
- 극적 장면 제시

⬇

하강
- 갈등 해결의 실마리 제시
- 사건의 반전

⬇

대단원
- 갈등의 해소
- 사건의 해결(마무리)

| 갈래 바탕 학습 |

07

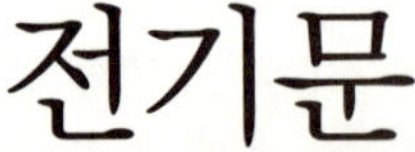

전기문

특정 인물의 생애, 업적, 언행, 성품 등을 사실을 바탕으로 쓴 글

❖ 전기문의 특징

① 사실성 실제 인물의 삶을 기록한 글이므로 인물, 사건, 배경 등은 사실에 바탕을 두고 기록한다.

② 교훈성 인물의 위대한 업적이나 성품, 삶의 태도를 통해 감동과 교훈을 전달한다.

③ 문학성 사실적 자료를 바탕으로, 문학적 표현 방법과 구성을 사용하여 문학적 감동과 즐거움을 준다.

④ 서사성 인물의 출생부터 사망까지의 생애를 시간의 흐름에 따라 쓴다.

⑤ 역사성 실제로 존재한 인물의 생애를 기록한 글이므로 인물의 삶과 관련된 사회적 · 역사적 상황이 드러난다.

❖ 전기문의 종류

① 다른 사람이 쓴 글

- 전기 어떤 인물의 일생을 다른 사람이 쓴 글
- 평전 어떤 인물에 대한 업적이나 활동 등에 대한 평가를 위주로 쓴 글
- 열전 여러 사람의 전기를 한데 모아 차례로 기록한 글
- 행장 죽은 이를 추모하여 쓴 글

② 자기 자신이 쓴 글

- 자서전 자신의 생애와 업적을 자신이 직접 쓴 글
- 회고록 자신의 생애 중 특히 중요한 활동 부분만을 골라 기록한 글

❖ 전기문의 구성 요소

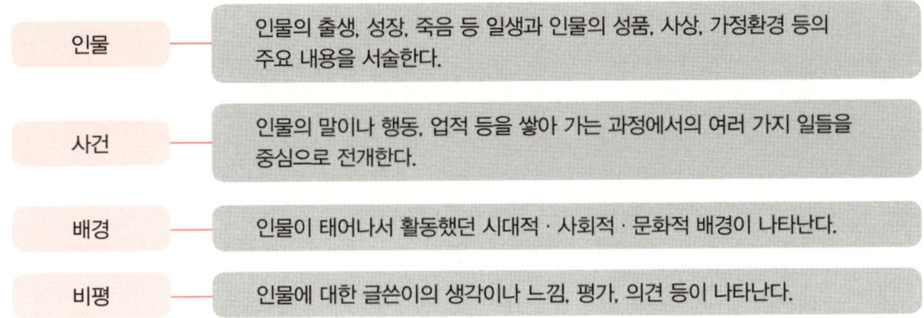

❖ 전기문의 구성 방식

① 일대기적 구성 인물의 출생부터 사망까지의 전 생애를 시간적 순서대로 기록함.

② 집중적 구성 인물의 생애 가운데 특정한 시기나 중요한 업적 부분만 집중적으로 기록함.

| 갈래 바탕 학습 |

어떤 대상에 대한 정보나 사실, 지식, 원리 등을 알기 쉽게 풀어 쓴 글

❖ 설명문의 특징

① 사실성 정확한 지식이나 정보를 사실에 근거하여 설명함.

② 객관성 글쓴이의 주관적인 의견이나 감정을 배제하고 지식이나 정보를 객관적으로 설명함.

③ 명료성 뜻이 명확하게 전달되도록 명확한 용어를 사용함.

④ 체계성 '머리말–본문–맺음말'의 구성으로 짜임새 있게 내용을 전개함.

⑤ 간결성 읽는 이가 이해하기 쉽도록 간결하고 쉬운 문장으로 씀.

❖ 설명문의 구성

구성	내용
머리말(처음)	설명 대상을 소개하고 글을 쓰게 된 동기와 목적을 제시함.
본문(중간)	여러 가지 설명 방법으로 설명 대상을 알기 쉽게 풀이함.
맺음말(끝)	설명한 내용을 간단히 요약, 정리하고 내용을 강조함.

❖ 설명 방법

방법	설명
정의	'무엇은 무엇이다.'의 형식으로 어떤 대상의 개념을 밝히는 설명 방법 예 표준어는 한 나라에서 공용어로 쓰는 규범으로서의 언어이다.
예시	어떤 대상에 대해 구체적인 예를 들어 알기 쉽게 설명하는 방법 예 우리 조상들은 단옷날 많은 풍속을 즐겨 왔다. 씨름, 그네뛰기 등이 그것이다.
비유	설명하려는 바를 다른 대상에 빗대어 설명하는 방법 예 콩은 밭에서 나는 고기와 같다.
비교	둘 이상의 대상 간의 공통점을 들어 설명하는 방법 예 텔레비전과 신문의 주요 기능 중의 하는 정보 전달이다.
대조	둘 이상의 대상 간의 차이점을 들어 설명하는 방법 예 시는 운문 문학이고, 소설은 산문 문학이다.
분류	설명 대상을 일정한 기준에 따라 묶거나 나누어서 설명하는 방법 예 시는 내용에 따라 서정시, 서사시, 극시로 나뉜다.
분석	설명 대상을 구성하고 있는 요소나 부분들로 쪼개어 설명하는 방법 예 곤충의 몸은 머리, 가슴, 배의 세 부분으로 이루어져 있다.

❖ 설명문을 읽는 방법

① 글 전체의 내용을 요약하고 주제를 파악한다.

② 제시된 정보를 정확하게 파악하고, 정보가 객관적인지 판단하며 읽는다.

③ 새로 알게 된 사실이나 글의 핵심 내용을 정리, 기억하며 읽는다.

④ 글쓴이가 설명하는 내용의 궁극적인 의도를 파악하며 읽는다.

| 갈래 바탕 학습 |

논설문

어떤 문제에 대한 자신의 의견이나 주장을 타당한 근거를 들어 논리적으로 전개함으로써 읽는 이를 설득시키는 글

❖ 논설문의 특징

① 명확성 사용한 용어가 정확하고, 의견이나 주장이 뚜렷하게 드러나야 한다.

② 타당성 주장을 뒷받침하는 근거가 합리적이고 타당해야 한다.

③ 주관성 글쓴이의 주관적인 생각이나 의견 등이 드러난다.

④ 체계성 전개 과정이 '서론-본론-결론'에 따라 체계적이고 짜임새 있게 구성된다.

⑤ 공정성 읽는 이가 인정할 수 있게 주장하는 바가 공정해야 한다.

❖ 논설문의 구성

머리말(처음)	글을 쓴 동기와 목적을 밝히고, 문제를 제기함.
본문(중간)	주장을 전개하고, 타당한 근거를 제시하여 주장에 대하여 논리적으로 증명함.
맺음말(끝)	주장한 내용을 요약, 정리하고, 앞으로의 전망과 과제를 제시함.

❖ 논설문의 종류

① **논증적 논설문** 객관적인 근거를 바탕으로 읽는 이의 지적인 판단에 호소하여 어떤 사실이나 문제의 옳고 그름을 밝히는 논설문

② **설득적 논설문** 자신의 의견이나 주장을 밝히고 읽는 이로 하여금 글쓴이의 의견대로 따르도록 설득하는 논설문

❖ 논설문의 논증 요소

논증은 타당한 이유나 근거를 들어 의견을 내세우는 것을 말한다.

- 명제 사물이나 현상에 대한 주장이나 견해
- 추론 어떤 판단이나 논거를 바탕으로 의견이 옳음을 밝히는 논리적인 전개 과정으로, 추론 방법으로 연역법, 귀납법, 변증법이 있음.
- 논거 의견을 뒷받침하는 이유나 근거

❖ 논설문을 읽는 방법

① 사실과 의견을 구분하며 읽는다.

② 글쓴이의 주장과 의도를 파악하며 읽는다.

③ 글쓴이의 주장에 대한 근거가 타당한지 파악하며 읽는다.

④ 글쓴이가 문제의 성격을 바르게 파악하고 있는지, 주장과 근거가 논리적으로 연결되었는지, 사용한 근거가 객관적이고 신뢰할 만한 것인지 따져 가며 읽는다.

⑤ 글쓴이의 주장과 자신의 의견을 비교하여 비판하며 읽는다.

| 갈래 바탕 학습 |

10

연설문

개인이 여러 사람을 대상으로 하여 자신의 의견이나 주장을 말하기 위하여 논리적으로 쓴 글

❖ 연설문의 특징

① 연설자의 의견이나 주장이 강하게 나타나고, 이에 대한 타당한 근거를 제시한다.

② 청중이 이해하기 쉽게 간단명료한 문장을 사용하되, 인상적인 표현을 통해 설득력을 높인다.

③ 다수의 대중 앞에서 말하기 위한 것이므로 높임말을 사용한다.

④ 청중의 나이, 관심, 수준 및 주어진 시간과 장소 등을 고려하여 내용을 구성한다.

❖ 연설문의 구성

구분	내용
처음	자신의 소개나 청중의 관심과 흥미를 유발할 수 있는 내용으로 시작함.
중간	주제를 명확히 정하고 그에 따른 일화나 의견, 요점 등을 정확하게 제시하여 연설자의 의도가 충분히 전달되도록 작성함.
끝	주장하고자 하는 요점을 간결하게 짚어 주고 청중이 내용을 각인할 수 있도록 하며, 청중의 변화를 이끌어 내기 위하여 희망적인 마무리를 함.

❖ 연설 내용의 요건

① 통일성 주제가 하나로 통일되어야 함.

② 일관성 주장하고자 하는 바를 처음부터 끝까지 변경하지 않고 이끌어 가야 함.

③ 강조성 말하고자 하는 중심 내용을 강하게 주장해야 함.

❖ 연설문을 쓸 때의 유의점

① 연설의 목적을 구체화하고, 이에 맞게 제목을 정한다.

② 연설을 들을 청중의 특성, 관심사, 요구 사항 등을 고려한다.

③ 주제를 뒷받침할 수 있는 자료를 수집하고 선정한다.

④ 연설할 내용을 조리 있게 구성한다.

❖ 연설문과 논설문의 비교

① 공통점

어떤 문제에 대해 타당한 근거를 제시하여 이치에 맞게 주장함.

② 차이점

- 연설문 청중 앞에서 직접 말하기를 통해 주장하기 위한 글
- 논설문 어떤 문제를 제기하거나 해결할 목적으로 자신의 의견이나 주장을 펼치는 글

1부

시의 표현

1.

/

비유와 상징

들어가며

시인은 자신이 표현하려는 생각과 느낌을 직접적인 설명으로만 표현하지 않는다. 시는 짧은 글로 사람들의 시선을 사로잡을 수 있는 표현이 있어야 한다. 시선을 얻어야 그다음 마음을 얻고, 그것이 감동으로 이어지기 때문이다. 이때 필요한 것이 바로 비유적 표현이다. 따라서 비유적 표현을 이해하는 것은 시를 감상하기 위한 바탕이 된다.

비유적 표현은 비유한 대상과 그 대상을 빗대어 표현하는 다른 대상 사이의 공통점을 잘 찾아서 표현해야 참신한 표현이 될 수 있다.

'사과 같은 내 얼굴', '쟁반같이 둥근 달'처럼 비유적 표현은 하나의 대상을 다른 대상에 빗대어 '사과=얼굴', '쟁반=둥근 달'처럼 표현하기 때문에 두 대상 사이의 공통점을 발견할 수 있다. 비유적 표현을 읽으면 시의 장면이 마음속에 쉽게 떠오르고 더욱 생생한 느낌이 든다는 것을 알 수 있다.

모든 순간이 꽃봉오리인 것을

정현종

나는 가끔 후회한다
그때 그 일이
노다지였을지도 모르는데
그때 그 사람이
그때 그 물건이
노다지였을지도 모르는데
더 열심히 파고들고
더 열심히 말을 걸고
더 열심히 귀 기울이고
더 열심히 사랑할 걸

반벙어리처럼
귀머거리처럼
보내지는 않았는가
우두커니처럼
더 열심히 그 순간을
사랑할 것을

모든 순간이 다아
꽃봉오리인 것을,
내 열심에 따라 피어날
꽃봉오리인 것을!

정현종(1939~)

시인. 인간과 사물 등 모든 존재에 대한 사랑을 바탕으로 건강한 삶을 추구하는 시를 많이 썼다. 시집으로는 "고통의 축제", "사물의 꿈", "떨어져도 튀는 공처럼" 등이 있다.

감상 길잡이

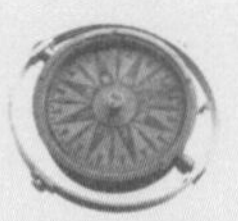

이 시에서 시의 화자는 과거의 시간을 되돌아보고 앞으로 살아갈 새로운 생활 자세를 다짐하고 있다. 즉, 과거에 대한 성찰과 반성을 통하여 살아 나갈 방향을 알게 된 것이다. 과거에 대한 반성의 결과는 바로 삶의 모든 순간마다 최선을 다하여 자기 인생을 한 송이의 아름다운 꽃으로 피어나게 하려는 마음의 자세를 가지는 것이라고, 시적 화자는 강조하고 있다.

후회는 꼭 뒤늦게 찾아온다. 하루하루의 순간순간이 삶의 '노다지'인 줄 한참 뒤에야 깨닫고 후회하게 된다. 그때 '더 열심히 파고들고' 그 사람에게 '더 열심히 귀 기울이고, 더 열심히 사랑할 것을.' 늦게라도 알았으니 다행이다. '모든 순간이 꽃봉오리인 것을' 깨달은 사람은 어떤 땅에서도 꽃을 피워 낼 수 있다. 1연에서는 시적 화자가 살아온 과거의 시간 속에서 사물이나 대상을 좀 더 진지하게 대하지 못했던 자신의 태도를 후회하고 있다. 2연에서는 이런 후회와 반성의 생각이 좀 더 깊어지고 있음을 볼 수 있다. 마치 귀머거리나 반벙어리처럼 일상 속에서 우리들은 너무도 많은 것을 놓치고 있지는 않은지. 그러나 그 모든 순간들은, 우리들이 더욱 열심히 사랑하고 열정적으로 살아갈 때, 삶에 있어서 '가장 중요한 것' 또는 '최선을 다해야 할 것'에 비유된 아름다운 꽃봉오리로 피어난다.

표현을 보면 '반벙어리처럼'은 소극적 태도를, '귀머거리처럼'은 무심한 태도를 비유함으로써 시적 효과를 높이고 있다. 또한 '노다지'는 '매우 귀하고 가치 있는 것'을 상징하고 있다.

봄

이성부

기다리지 않아도 오고
기다림마저 잃었을 때에도 너는 온다.
어디 뻘밭 구석이거나
썩은 물웅덩이 같은 데를 기웃거리다가
한눈 좀 팔고, 싸움도 한판 하고,
지쳐 나자빠져 있다가
다급한 사연 들고 달려간 바람이
흔들어 깨우면
눈 부비며 너는 더디게 온다.
더디게 더디게 마침내 올 것이 온다.
너를 보면 눈부셔
일어나 맞이할 수가 없다.
입을 열어 외치지만 소리는 굳어
나는 아무것도 미리 알릴 수가 없다.
가까스로 두 팔을 벌려 껴안아 보는
너, 먼데서 이기고 돌아온 사람아.

감상 길잡이

시적 화자는 겨울의 혹독한 추위와 고통을 당하고 있기에 따뜻한 봄을 기다리고 있다. 시에서 겨울은 흔히 '시련, 고난, 역경' 등에 비유되고, 봄은 추위를 이기고 따뜻한 계절이 오듯이 우리가 기다리고 간절히 바라는 것, 즉 '소망과 희망' 등을 표현한다. 그러하기에 마지막 행에서 봄을 '먼데서 이기고 돌아온 사람'으로 표현하고 있다. 봄이 아직 오지 않은 상황은 '뻘밭 구석', '썩은 물 웅덩이'와 같지만 '더디게 더디게' 봄은 꼭 올 것이다.

이성부(1942~2012)

시인, 언론인. 현실 참여적인 주제를 다루면서도 서정성과 시적 상상력이 뛰어난 작품을 발표했다. 시집으로는 "백제행", "우리들의 양식", "지리산", "작은 산이 큰 산을 가린다" 등이 있다.

사랑하는 별 하나

이성선

나도 별과 같은 사람이
될 수 있을까.
외로워 쳐다보면
눈 마주쳐 마음 비춰 주는
그런 사람이 될 수 있을까.

나도 꽃이 될 수 있을까.
세상일이 괴로워 쓸쓸히 밖으로 나서는 날에
가슴에 화안히 안기어
눈물짓듯 웃어 주는
하얀 들꽃이 될 수 있을까.

가슴에 사랑하는 별 하나를 갖고 싶다.
외로울 때 부르면 다가오는
별 하나를 갖고 싶다.

이성선(1941~2001)

시인. 평이한 수법의 시어로 동양적 달관의 세계를 깊이 있게 표현하였다. 시집으로 "시인의 병풍", "내 몸에 우주가 손을 얹었다" 등이 있다.

마음 어두운 밤 깊을수록
우러러 쳐다보면
반짝이는 그 맑은 눈빛으로 나를 씻어
길을 비춰 주는
그런 사람 하나 갖고 싶다.

감상 길잡이

시적 화자는 1연에서는 '나도 별과 같은 사람이 될 수 있을까.'라고 물음으로써 외로운 마음을 따뜻하게 위로해 주는 밝고 다정한 존재인 '별'을, 2연에서는 '나도 꽃이 될 수 있을까'라고 물음으로써 괴롭고 쓸쓸한 마음을 함께 나누고 위로가 되는 존재인 '꽃'이 되고 싶다고 말하고 있다. 아울러 3연에서는 내가 다른 사람들에게 위로가 되는 존재가 되듯이 나도 내가 외롭고 힘들 때 위로를 받을 수 있는 누군가를 갖고 싶다는 희망을 말하고 있다.

사랑은

김남주

겨울을 이기고 사랑은
봄을 기다릴 줄 안다
기다려 다시 사랑은
불모의 땅을 파헤쳐
제 뼈를 갈아 재로 뿌리고
천년을 두고 오늘
봄의 언덕에
한 그루 나무를 심을 줄 안다

사랑은
가을을 끝낸 들녘에 서서
사과 하나 둘로 쪼개
나눠 가질 줄 안다
너와 나와 우리가
한 별을 우러러보며

감상 길잡이

사랑은 참 아름답다. 물방울이 모여 바다가 되듯이 사랑을 모으면 큰 행복이 된다. 사랑은 희망이다. 사랑은 닫힌 마음을 열어 주고, 슬픔도 기쁨이게 하고 아픔도 희망이게 한다. 사랑은 참 따뜻하다. 작은 마음들이 모이면 큰 사랑이 되듯 사랑은 나누면 나눌수록 풍요로워진다. 시인은 사랑의 가치인 '인내, 희생, 희망, 함께하는 삶 등'을 쉬운 시어를 통해 잘 형상화하고 있다. 또, 사랑을 사람에 비유함으로써 주제를 효과적으로 부각시키고 있다.

김남주(1946~1994)

시인, 사회 운동가. 시집으로는 "나의 칼 나의 피", "조국은 하나다", "사상의 거처", "나와 함께 모든 노래가 사라진다면" 등이 있다.

행복

허영자

눈이랑 손이랑
깨끗이 씻고
자알 찾아보면 있을 거야.

깜짝 놀랄 만큼
신바람 나는 일이
어딘가 어딘가에 꼭 있을 거야.

아이들이
보물찾기 놀일 할 때
보물을 감춰 두는

바위 틈새 같은 데에
나무 구멍 같은 데에

행복은 아기자기
숨겨져 있을 거야.

감상 길잡이

행복은 우리가 그냥 지나치기 쉬운 곳에 숨겨져 있다. 이 시의 어조를 살펴보면 어린이가 친구에게 나직나직 비밀을 얘기하는 듯도 하고, 어른이 아이의 귀에 대고 속삭이는 듯한 말투 같기도 하다. '눈이랑 손이랑', '자알 찾아보면', '어딘가 어딘가에'와 같은 시구에서는 순진함과 귀여움이 느껴진다. 반복과 대구를 적절히 사용한 운율감에 아이들의 세계에서 볼 수 있는 순수함을 실어 표현하였다.

허영자(1938~)

시인. 동적인 시 세계를 가지고 있으며 과감한 절제와 전통적인 이미지가 돋보이는 시를 썼다. 시집으로는 "가슴엔 듯 눈엔 듯", "친전", "어여쁨이야 어찌 꽃뿐이랴" 등이 있다.

햇빛이 말을 걸다

권대웅

길을 걷는데 햇빛이 이마를 툭 건드린다.
봄이야, 그 말을 하나 하려고 수백 광년을 달려온 빛 하나가
내 이마를 건드리며 떨어진 것이다.

나무 한 잎 피우려고 잠든 꽃잎의 눈꺼풀 깨우려고
지상에 내려오는 햇빛들.
나에게 사명을 다하며 떨어진 햇빛을 보다가
문득 나는 이 세상의 모든 햇빛이 이야기를 한다는 것을 알았다.

강물에게 나뭇잎에게 세상의 모든 플랑크톤들에게
말을 걸며 내려온다는 것을 알았다.
반짝이며 날아가는 물방울들 초록으로 빨강으로 답하는 풀잎들 꽃들
눈부심으로 가득 차 서로 통하고 있었다.

'봄이야'라고 말하며 떨어지는 햇빛에 귀를 기울여 본다.
그의 소리를 듣고 푸른 귀 하나가 땅속에서 솟아오르고 있었다.

감상 길잡이

시적 화자는 길을 걷다가 문득 햇살이 눈부시다고 느끼는, 살면서 누구나 겪어 볼 법한 상황을 의인화를 통해 아름답게 표현하고 있다. 마치 꽃잎, 나무 한 잎, 강물, 플랑크톤, 물방울, 모든 시어들이 햇살의 장단에 맞춰 봄을 느끼며 춤추고 있는 듯 생동감 있게 움직이고 있다. 자라나는 새싹을 땅속에서 솟아오르는 '푸른 귀'라고 표현한 것 등의 동적인 표현은 시에 또 다른 생명력을 불어넣고 있다.

권대웅(1962~)

시인, 소설가. 시집으로 "당나귀의 꿈", "조금 쓸쓸했던 생의 한때" 등이 있고 동화책 "마리 이야기", "돼지저금통 속의 부처님" 등이 있다.

시 속으로

1. 시에서 비유적 표현을 사용하면 어떤 점이 좋은지 써 보자.

모든 순간이 꽃봉오리인 것을

2. '노다지'는 무엇을 비유하는가?

봄

3. '너'는 누구를 가리키는 말이며, 무엇을 상징하고 있는가?

사랑하는 별 하나

4. 이 시는 사랑하는 사람과 함께하고 싶은 소망을 그리고 있다. 그렇다면 '가슴에 사랑하는 별 하나를 갖고 싶다.'에서 '별 하나'는 무엇을 비유하고 있는가?

사랑은

5. 시인은 '볼모의 땅을 파헤쳐 / 제 뼈를 갈아 재로 뿌리고 / 천년을 두고 오늘 / 봄의 언덕에 / 한 그루 나무를 심을 줄' 아는 것이라는 비유를 통하여 '인내와 희생'이라는 사랑의 가치를 말하고 있다. 그렇다면 '너와 나와 우리가 / 한 별을 우러러보며' '사과 하나 둘로 쪼개 / 나눠 가질 줄' 아는 것에서는 사랑의 어떤 가치를 말하고 있는가?

행복

6. '눈이랑 손이랑', '자알 찾아보면', '어딘가 어딘가에'란 표현을 통해 무엇을 강조하고 있는가?

햇빛이 말을 걸다

7. 눈부심으로 가득 차 서로 통하고 있는 물방울, 풀잎과 꽃들에 대한 묘사는 마치 살아 움직이는 하나의 장면 같다. 특히 '그의 소리를 듣고 푸른 귀 하나가 땅속에서 솟아오르고 있었다.'라는 동적인 표현은 시에 어떤 영향을 주고 있는가?

2.

/

운율과 가락

들어가며

'텔레비전에 내가 나왔으면 정말 좋겠네 정말 좋겠네.'

'아빠가 출근할 때 뽀뽀뽀, 엄마가 안아 줘도 뽀뽀뽀'.

위에 있는 문장을 소리 내어 읽으면 자신도 모르게 노래처럼 흥얼흥얼하게 된다. 이처럼 시에서는 같은 말의 반복이나 비슷한 소리의 반복을 통하여 리듬감을 느낄 수 있다. 그래서 시를 읽으면 노래하는 것 같은 느낌이 들기도 하고, 시에 가락을 붙여 노래로 만들기도 한다. 시에서는 이러한 리듬감을 운율이라고 한다.

운율은 글을 산문과 시로 나누는 기준이 된다. 산문은 글자의 수, 운율 등에 제한 없이 자유롭게 쓴 글이지만, 시는 간결한 글로 규칙적인 소리와 질서 또는 흥과 같은 운율을 느낄 수 있다. 의성어와 의태어는 소리와 동작을 흉내 낸 생동감 있는 표현으로, 음운의 반복에서 오는 일정한 운율을 지니고 있어서 시의 음악성을 얻는 데 크게 기여한다.

돌담에 속삭이는 햇발

김영랑

돌담에 속삭이는 햇발같이
풀 아래 웃음 짓는 샘물같이
내 마음 고요히 고운 봄 길 위에
오늘 하루 하늘을 우러르고 싶다.

*새악시 볼에 떠오는 부끄럼같이
시의 가슴에 살포시 젖는 물결같이
*보드레한 에메랄드 얇게 흐르는
실비단 하늘을 바라보고 싶다.

*새악시 '새색시'의 방언.
*보드레하다 꽤 보드라운 느낌이 있다.

김영랑(1903~1950)

시인. 독창적인 말과 고유어, 방언 등을 사용하여 언어의 아름다움을 보여 주는 시를 주로 썼다. 주요 작품으로는 '돌담에 속삭이는 햇발', '내 마음을 아실 이', '독을 차고' 등이 있다.

감상 길잡이

햇살은 속삭이듯 돌담을 비추고, 지금 막 돋아난 풀 아래로는 샘물이 웃음을 지며 돌돌돌 흘러가는 봄날이다. 돌담 위를 따스한 햇살이 속삭이듯 비추는 풍경은 평화스럽고 아름다웠던 어린 시절의 봄날을 절로 생각나게 한다. 이런 날에는 홀로 고요히 곱디고운 봄 길을 걸으며 하늘을 우러러 보고 싶다. 이제 막 시집 온 색시가 부끄럼에 볼이 살짝 달아오르는 것 같이, 시를 품은 가슴에 살며시 젖어오는 물결같이 부드러운 녹색으로 얇게 흐르는 가느다란 비단 하늘을 바라보고 싶다. 평화스럽고 고요한 봄날에 봄의 흥취에 흠뻑 젖어 있는 시이다. 그러나 이 시는 평화롭고 고요한 가운데 깃든 아름다움만 있는 것은 아니다. '하늘을 우러르고 싶다'는 소망은 역설적으로 화자가 발붙이고 있는 이 땅의 현실이 불행한 것임을 암시한다. 그래서 시적 화자는 아름답고 평화스러운 봄날을 그대로 볼 수 없는 암담하고 각박한 현실을 벗어나고 싶은 마음에 하늘을 우러르고, 바라보고 싶은 것인지도 모르겠다.

이 시는 우리말의 아름다움을 잘 살린 시어와 섬세한 감각적 표현이 뛰어나다. '새악시'는 '색시'에다 '아'를 첨가한 형태이고, '부끄럼'은 리듬을 살리기 위하여 '부끄러움'에서 '우'를 생략한 표현이다. 또 '시의 가슴'은 '시정으로 가득 찬 가슴속'이며, '실비단 하늘'은 '가는 실로 짠 비단처럼 고운 하늘'이다. 또한 발음할 때, 목청이 떨려 울리는 유성음인 자음 'ㄴ, ㄹ, ㅁ, ㅇ'의 활용을 통해 시 전체에 부드러운 운율감과 가락을 느끼게 하고 있다.

빗방울

오규원

빗방울이 개나리 울타리에 솝-솝-솝-솝 떨어진다.
빗방울이 어린 모과나무 가지에 롭-롭-롭-롭 떨어진다.
빗방울이 무성한 수국 잎에 톱-톱-톱-톱 떨어진다.
빗방울이 잔디밭에 홉-홉-홉-홉 떨어진다.
빗방울이 현관 앞 강아지 머리에 돕-돕-돕-돕 떨어진다.

감상 길잡이

이 시는 음운이 주를 이루고 있다. 시의 화자는 언뜻 듣기에 비슷한 자연의 소리에 귀 기울이고 자연의 소리에서 가장 유사한 의성어를 찾아내 자연의 깊이와 소중함을 일깨워 주고 있다. 이 시는 '빗방울이 …… 떨어진다' 가 반복되지만 지루하다는 느낌이 들지 않는다. 그 이유는 '솝—솝—솝—솝', '롭—롭—롭—롭', '톱—톱—톱—톱', '홉—홉—홉—홉', '돕—돕—돕—돕' 등의 의성어 때문인데 마치 피아노 건반을 가볍고 짧게 두드리는 듯한 투명함과 즐거움이 전해진다.

오규원(1941~2007)

시인. 언어에 대해 깊게 생각한 시, 사물을 있는 그대로 묘사하는 시를 많이 썼다. 주요 작품으로는 '가끔은 주목받는 생이고 싶다', '프란츠 카프카' 등이 있다.

물새알 산새알

박목월

물새는
물새라서 바닷가 바위틈에
알을 낳는다.
보얗게 하얀
물새알.

산새는
산새라서 잎 수풀 둥지 안에
알을 낳는다.
알락알락 얼룩진
산새알.

물새알은
간간하고 짭조름한
미역 냄새,
바람 냄새.

박목월(1916~1978)

시인. 향토적 서정성을 심화시킨 시인이다. 조지훈, 박두진과 함께 청록파 시인으로 활동했다. 시집으로 "산도화", "청담" 등이 있고, 수필집 "구름의 서정", "행복의 얼굴" 등이 있다.

산새알은
달콤하고 향긋한
풀꽃 냄새,
이슬 냄새.

물새알은
물새알이라서
날갯죽지 하얀
물새가 된다.

산새알은
산새알이라서
머리꼭지에 빨간 댕기를 드린
산새가 된다.

감상 길잡이

물새알에서는 '간간하고 짭조름한 / 미역 냄새 / 바람 냄새'가 나고 산새알에서는 '달콤하고 향긋한 / 풀꽃 냄새 / 이슬 냄새'가 난다. 알의 모양이나 크기는 비슷하지만 물새알에서는 물새가 태어나고 산새알에서는 산새가 태어난다. 모두가 당연하다고 여기는 사실에서 새로움을 찾아내는 것이 바로 시인의 능력이 아닐까? 시적 화자는 물새알과 산새알을 통해, 자기에게 주어진 길과 숙명에 따라 곱게 피어나는 생명의 신비를 노래하고 있다.

포근한 봄

오규원

눈이 내린다
봄이라서
봄빛처럼 포근한 눈

담장 위에 쌓이는 봄눈
나무 위에 쌓이는 봄눈
마당 위에 쌓이는 봄눈

그리고
마루에서 졸다가 깬
눈을 하고 앉은
새끼고양이의 눈 속에도
내리는 봄눈

감았다 떴다 하는
새끼고양이의 눈처럼
보드라운

봄
봄 하늘
봄 하늘의 봄눈

오규원(1941~2007)

시인. 언어에 대해 깊게 생각한 시, 사물을 있는 그대로 묘사하는 시를 많이 썼다. 주요 작품으로는 '가끔은 주목받는 생이고 싶다', '프란츠 카프카' 등이 있다.

봄은 언제 올까? 푸릇푸릇하게 풀들이 피어난 것도 아니고 꽃도 전혀 보이지 않는다. 게다가 눈도 내리고 있다. 그 눈이 담장 위에, 나무 위에, 마당 위에 계속해서 소복이 내린다. 온 세상을 온통 하얀 솜이불로 포근히 덮어 놓은 것 같다. 그 포근함에 마루 끝에서 졸고 있던 새끼고양이가 살포시 눈을 뜬다. 그 모습이 너무 귀여워 살며시 새끼고양이를 안아 눈을 들여다본다. 새끼고양이의 눈에 밖에서 포근히 내리고 있는 눈발들이 들어가 내비치고 있는 것 같다. 봄이 오려고 이렇게 포근한 봄눈이 오는가 보다. 아! 봄이다.

해

박두진

해야 솟아라. 해야 솟아라. 말갛게 씻은 얼굴 고운 해야 솟아라. 산 넘어 산 넘어서 어둠을 살라 먹고, 산 넘어서 밤새도록 어둠을 살라 먹고, 이글이글 애띤 얼굴 고운 해야 솟아라.

달밤이 싫어, 달밤이 싫어, 눈물 같은 골짜기에 달밤이 싫어, 아무도 없는 뜰에 달밤이 나는 싫어…….

해야, 고운 해야. 네가 오면, 네가사 오면, 나는 나는 *청산이 좋아라. 훨훨훨 깃을 치는 청산이 좋아라. 청산이 있으면 홀로라도 좋아라.

사슴을 따라 사슴을 따라, *양지로 양지로 사슴을 따라, 사슴을 만나면 사슴과 놀고,

칡범을 따라 칡범을 따라, 칡범을 만나면 칡범과 놀고…….

해야, 고운 해야, 해야 솟아라. 꿈이 아니래도 너를 만나면, 꽃도 새도 짐승도 한자리 앉아, 워어이 워어이 모두 불러 한자리 앉아, 애띠고 고운 날을 누려 보리라.

* 청산 풀과 나무가 무성한 푸른 산.
* 양지(陽地) 볕이 바로 드는 곳.

박두진(1916~1998)

시인. 박목월, 조지훈과 함께 청록파 시인으로 활동하였으며, 시집으로 "오도", "해", "거미와 성좌", "수석열전" 등이 있다.

감상 길잡이

이 시는 '해'라는 구체적 사물을 통해 광복의 기쁨을 제시하는 한편, 어둠이 사라진 '청산'에서 희망찬 조국의 미래와 민족의 낙원이 펼쳐지기를 간절히 소망하는 시인의 뜨거운 열망을 잘 나타내고 있다. 광복이라는 무한한 자유와 기쁨 속에서는 모든 생명들이 서로 갈등을 빚거나 두려워할 것 없이 평화롭게 화해하며 살아갈 수 있다. 시인은 '어둠·달밤·골짜기·칡범·짐승'과 '해·사슴·청산·꽃·새'도 대화합을 추구하는 것으로 표현하고 있으며, 사랑과 평화가 충만한 이상 세계를 그리고 있다.

콩, 너는 죽었다

김용택

콩 타작을 하였다.
콩들이 마당으로 콩콩 뛰어나와
또르르 또르르 굴러간다.
콩 잡아라 콩 잡아라.
콩 잡으러 가는데
어, 어, 저 콩 좀 봐라.
쥐구멍으로 쏙 들어가네.

콩, 너는 죽었다.

감상 길잡이

이 시는 콩 타작을 하다가 일어날 수 있는 광경들을 아주 재미있게 의성어, 의태어를 사용하여 어린이의 시각에서 밝고 명랑하게 그리고 있다. 콩은 '콩콩' 뛰어나와 '또르르 또르르' 굴러가고 콩을 잡으러 달려가는 농가의 아이들의 목소리는 시끌벅적하다. 콩이 쥐구멍으로 숨어 버리자 한 아이가 '콩, 너는 쥐구멍에 들어갔으니, 너는 이제 죽었다.'라고 외치는 정경이 눈에 선하다. 이처럼 한편의 정겨운 그림을 소박한 언어로 표현함으로써 농촌의 힘겨울 수도 있는 일상을 한바탕 축제로 승화시키고 있다.

김용택(1948~)

시인. 섬세한 시어와 서정적인 가락을 바탕으로 농촌의 현실을 노래하였다. 주요 저서로 "섬진강", "그 여자네 집", "수양버들" 등이 있다.

시 속으로

1. 시에서 운율이란 무엇인가?

돌담에 속삭이는 햇발

2. '돌담에 속삭이는 햇발같이', '새악시 볼에 떠오는 부끄럼같이'와 같은 시구가 주는 운율적 효과는 무엇인가?

빗방울

3. 이 시는 '동일한 소리의 반복', '동일한 단어의 반복', '유사한 문장 구조의 반복'을 통해 운율을 얻고 있다. 각각의 요소를 찾아 말해 보자.

물새알 산새알

4. 시의 운율을 형성하는 방법 중 이 시는 어떤 요소를 주로 사용하여 운율을 얻고 있는가?이 시의 운율의 특징을 이야기해 보자.

포근한 봄

5. 노래하는 듯한 운율이 느껴지는 부분은 어디인가?

해

6. 이 시의 운율의 특징을 이야기해 보자.

* 도움말_ 글자 수에 유의해 보자.

콩, 너는 죽었다

7. 의성어, 의태어를 사용하여 밝고 명랑하게 노래하듯이 운율을 표현한 부분은 어디인가?

3.

/

심상의 발견

들어가며

'귤'하면 무엇이 떠오르는가? 모양은 동그랗고 껍질은 윤이 나는 노란색의 과일이 머릿속에 그려질 것이다. 그리고 이런 귤을 껍질을 벗겨 입에 넣는다는 생각을 하는 순간, 몇 가지 감각적인 반응들이 나타날 것이다. 먼저 입에 군침이 돌 것이며, 시다든가, 달콤하다든가 하는 맛에 대한 기억, 입안에서 씹힐 때의 '툭'하는 소리와 함께 입안 가득히 퍼져 오는 향기도 떠오를 것이다. 이처럼 실제로 체험하지 않고도 언어에 의해 마음속에 그려지는 감각적인 모습이나 느낌을 심상 또는 이미지라고 한다. 그럼 심상(이미지)이란 무엇인가? 심상은 '보고 느낀 바를 마음속에 다시 살려 놓은 것으로 언어에 의해서 재현된 사물의 감각적 형상'을 말한다. 그래서 심상(이미지)을 '언어로 만들어진 그림'이라고도 한다. 심상은 말로써 제대로 표현하기 힘든 감정이나 생각을 보다 생생하게 표현해 주며, 때로는 정서와 상상력을 환기시켜 시를 읽는 즐거움을 주기도 한다.

성탄제

김종길

어두운 방 안에
바알간 숯불이 피고,

외로이 늙으신 할머니가
애처로이 잦아드는 어린 목숨을 지키고 계시었다.

이윽고 눈 속을
아버지가 약을 가지고 돌아오시었다.

아, 아버지가 눈을 헤치고 따 오신
그 붉은 산수유 열매—

나는 한 마리 어린 짐승,
젊은 아버지의 서늘한 옷자락에
열(熱)로 상기한 볼을 말없이 부비는 것이었다.

이따금 뒷문을 눈이 치고 있었다.
그날 밤이 어쩌면 성탄제의 밤이었을지도 모른다.

김종길(1926~)

시인. 높은 완성도와 독특한 개성을 지니고 있는 절제의 정신을 견지하는 시를 썼다. 시집으로 "성탄제", "하회에서" 등이 있다.

어느새 나도
그때의 아버지만큼 나이를 먹었다.

옛것이라곤 찾아볼 길 없는
성탄제 가까운 도시에는
이제 반가운 그 옛날의 것이 내리는데,

서러운 서른 살, 나의 이마에
불현듯 아버지의 서느런 옷자락을 느끼는 것은,

눈 속에 따 오신 산수유 붉은 알알이
아직도 내 혈액 속에 녹아 흐르는 까닭일까.

감상 길잡이

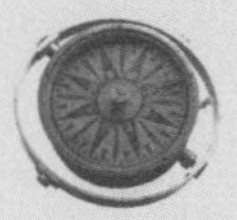

어두운 방 한쪽에서 할머니가 열이 펄펄 나는 어린 아이를 간호하고 있다. 요즘처럼 병원이나 약국이 많지 않았던 시절이라 민간요법으로 쓰이던 산수유가 좋은 해열제였지만 한겨울에 그것을 구하기란 쉽지 않았을 것이다. 그러나 아버지는 눈 속을 헤치고 산수유 열매를 구해 왔다. 시인은 '젊은 아버지의 서느런 옷자락에 / 열로 상기한 볼을 말없이 부비는 것이었다.'라는 표현을 통해, 차가운 옷자락만큼 아버지의 사랑이 깊고 뜨거움을 상징적으로 알려 주고 있다. 아픈 자식을 위해 눈 덮인 산 속을 헤치고 산수유 열매를 따오던 그 밤을 시적 화자는 성탄제의 밤과 같은 의미로 이해한다. 그 아이가 서른 살이 되어 눈을 맞으며 과거를 회상한다. 이 시에서 '성탄제'는 예수의 탄생이라는 일반적 의미를 벗어나 아버지의 사랑을 떠올리는 매개체가 된다. 시적 화자는 지금은 돌아가셔서 곁에 계시지 않은 아버지가 주신 사랑이 지금도 자신의 혈액 속에 흐르고 있다고 생각한다. 전반부는 유년 시절의 체험을, 후반부는 어른이 된 화자의 체험으로 구성되어 있다. 전반부의 공간은 시골이며, 후반부의 공간은 도시이다. 시골의 방에는 '바알간 숯불'이 피어 있고, 밖에선 '눈'이 내리고 있다. 도시에도 역시 '눈'이 내리고 있지만, 방이 없는 대신 '내 혈액'이라는 독특한 공간이 나타나 있다. '붉은 산수유 열매'에서 아버지의 아들에 대한 사랑을 발견할 수 있다.

비

정지용

돌에
그늘이 차고,

따로 몰리는
*소소리바람.

앞서거니 하여
꼬리 치날리어 세우고,

종종 다리 까칠한
산새 걸음걸이.

여울지어
수척한 흰 물살,

갈갈이
손가락 펴고.

* 소소리바람 ① 이른 봄에 살 속으로 스며드는 듯한 차고 매서운 바람. ② '회오리바람'의 방언.

정지용(1902~1950)

시인. 참신한 이미지와 절제된 시어로 한국 현대 시의 성숙에 결정적인 기틀을 마련한 시인이다. 시집으로 "정지용 시집", "백록담" 등이 있다.

멎은 듯
새삼 돋는 빗낱

붉은 잎 잎
*소란히 밟고 간다.

* 소란히 시끄럽고 어수선하게.

감상 길잡이

시적 화자는 비 내리는 모습을 절제된 감정과 감각적 시어로 시간의 흐름에 따라 간결하고 섬세하게 묘사하고 있다. 책 속의 여백에서 금방이라도 빗방울이 뚝뚝 떨어질 것만 같다. 1, 2연은 돌에 그늘과 매서운 바람이 몰려오는 상황이다. 3, 4연의 꼬리를 세운 산새의 까칠한 걸음은 새를 의미한다기보다는 비가 내리기 시작해 흩날리는 모습을 시각적으로 묘사한 것이다. 5, 6연에서는 비가 내린 뒤 물살을 이루어 물길이 갈라지는 모습을, 7연에서는 비가 멎은 듯하다가 다시 내리는 상황을 나타낸다. 8연은 붉은 잎에 빗방울이 떨어지는 것을 청각적·시각적으로 묘사하였다.

바다에서 오는 버스

나태주

아침에
산 너머서 오는 버스
비린내 난다.
물어보나마다 바닷가
마을에서 오는 버스다.

바다 냄새 가득 싣고 오는 버스
부푼 바다 물빛
바다에서 떠오르는 해
풍선처럼 싣고 오는 버스

저녁때
산 너머로 가는 버스
땀 냄새 난다.
물어보나마나 바닷가
마을로 가는 버스다.

나태주(1945~)

시인. 전통적 서정성을 바탕으로 자연의 아름다움, 신비로움, 미묘함, 삶의 정경, 인정과 사랑의 연연함 등을 노래하였다. 주요 저서로는 "대숲 아래서", "빈손의 노래", "산촌엽서" 등이 있다.

하루 종일 장터에 나가
지친 아주머니 할머니들
두런두런 낮은 말소리 싣고
지는 해 붉은 노을 속으로
돌아가는 버스다.

감상 길잡이

이 시는 다양한 심상을 바탕으로 바닷가 마을 사람들의 하루 일과를 보여 준다. 이 시는 아침에 마을 사람들이 버스를 타고 산 너머에서 왔다가 점심엔 장터에서 땀을 흘리며 열심히 어물을 팔고, 저녁에 산 너머로 돌아간다는 내용의 단조로운 구조로 되어 있지만, 다양한 감각적 표현을 통해 마을 사람들이 품고 있는 꿈, 고단한 삶의 모습 등을 효과적으로 그려 냈다. 이 시에서는 냄새(비린내 난다, 바다 냄새, 땀 냄새)를 통해 낮 동안 시장에서 힘겹게 어물을 팔던 마을 사람들의 모습을 생생하게 표현했다.

웃는 기와 -국립 경주 박물관에서

이봉직

옛 신라 사람들은
웃는 기와로 집을 짓고
웃는 집에서 살았나 봅니다.

기와 하나가
처마 밑으로 떨어져
얼굴 한쪽이
금가고 깨졌지만
웃음은 깨지지 않고

나뭇잎 뒤에 숨은
초승달처럼 웃고 있습니다.

나도 누군가에게
한 번 웃어 주면
천 년을 가는
그런 웃음을 남기고 싶어
웃는 기와 흉내를 내 봅니다.

이봉직(1965~)

아동문학가. 신춘문예에 동시가 당선되면서 작품 활동을 시작하였다. 동시집으로 "어머니의 꽃밭", "웃는 기와" 등이 있다.

감상 길잡이

이 시의 화자는 처마 밑으로 떨어져 깨지고 금이 갔지만 여전히 웃는 얼굴을 한 기왓장을 보며, 이러한 웃는 기와로 집을 짓는 신라인들 역시 분명 긍정적이고 잘 웃는 사람들이었으리라 생각한다. 이러한 상상에서 더 나아가 '나도 누군가에게 / 한 번 웃어 주면 / 천 년을 가는 / 그런 웃음을 남기고 싶어 / 웃는 기와 흉내를 내 봅니다.'라는 자기 성찰에 이르게 된다. 그다지 주목받지 않았던 웃는 기와 하나에서 시인은 자신의 삶을 돌아보게 되고, 천 년을 가는 그런 웃음을 남기고 싶다고 염원하게 된다.

어떤 귀로

박재삼

새벽 서릿길을 밟으며
어머니는 장사를 나가셨다가
촉촉한 밤이슬에 젖으며
우리들 머리맡으로 돌아오셨다.

선반엔 꿀단지가 채워져 있기는커녕
먼지만 뿌옇게 쌓여 있는데,
빚으로도 못 갚는 땟국물 같은 어린것들이
방 안에 제멋대로 뒹굴어 자는데,

보는 이 없는 것,
알아주는 이 없는 것,
이마 위에 이고 온
별빛을 풀어 놓는다.
소매에 묻히고 온 달빛을 털어 놓는다.

감상 길잡이

이 시는 어머니의 헌신적 사랑을 아침 서릿길과 촉촉한 밤이슬의 차가운 이미지를 통해 나타내고 있다. 시인은 '새벽 서릿길'과 '촉촉한 밤이슬' 사이의 공백을 어머니의 장사로 간단히 언급하고 있다. 이처럼 촉각적 이미지를 통해 어머니의 고단한 삶을, 시각적인 이미지를 통해서는 자식들을 향한 무한한 사랑을 형상화하고 있다. 또한 각 연마다 서로 다른 대구 형식의 유사한 문장 구조의 반복을 통해 운율감을 형성하고 시적 긴장감을 유지하고 있다.

박재삼(1933~1997)

시인. 슬픔의 미학을 가장 세련되게 성취한 시인으로, 슬픔과 한의 세계를 살아 있는 언어인 구어투의 시어로 구사하여 표현하였다. 시집으로는 "춘향이 마음", "울음이 타는 가을 강", "추억" 등이 있다.

유리창

정지용

유리에 차고 슬픈 것이 어린거린다
*열없이 붙어 서서 입김을 흐리우니
길들은 양 언 날개를 파다거린다
지우고 보고 지우고 보아도
새까만 밤이 밀려 나가고 밀려와 부딪히고,
물 먹은 별이, 반짝, 보석처럼 *백힌다.
밤에 홀로 유리를 닦는 것은
외로운 황홀한 심사이어니,
고흔 폐혈관이 찢어진 채로
아아, 늬는 산ㅅ새처럼 날러갔구나!

* 열없다 기운 없다. 또는 별다른 의미 없다.
* 백히다 박히다.

감상 길잡이

우리 옛말에 '부모는 산에 묻고, 자식은 가슴에 묻는다.'고 했다. 아이를 잃은 슬픔은, 그 무엇과도 비교할 수 없을 것이다. 땅을 치고 통곡하고 싶을 것이다. 시인은 죽은 어린 자식의 모습을 다양한 상징적 기법으로 표출한다. 또한 자식에 대한 그리움을 '지우고 보는 행위'로 형상화하였으며 죽은 자식을 '폐혈관이 찢어진 채로 날아가는 산새'에 비유하고 있다. 이 시의 중심 소재인 '유리창'은 죽은 자식을 볼 수 있게 하는 '투시'의 기능과 삶과 죽음의 공간을 갈라놓는 '단절'의 기능을 갖고 있다.

정지용(1902~1950)

시인. 참신한 이미지와 절제된 시어로 한국 현대 시의 성숙에 결정적인 기틀을 마련한 시인이다. 시집으로 "정지용 시집", "백록담" 등이 있다.

시 속으로

1. 시에서 심상(이미지)이란 무엇인가?

성탄제

2. 색채의 대조가 두드러진 시어를 찾아보고, 이 시에서는 어떤 효과를 얻고 있는지 써 보자.

비

3. 이 시는 '섬세한 묘사를 뒷받침하는 정교한 언어들의 유기적 결합으로 비가 내리는 상황을 감각적으로 그려 낸 작품'으로 평가받고 있다. '후두둑 소리를 내며 떨어지는 빗소리가 그대로 들려올 것' 같은 사실적 묘사가 돋보이는 곳은 어디인가?

바다에서 오는 버스

4. 시각적 심상이 나타난 부분은 어디인가?

웃는 기와 -국립 경주 박물관에서

5. '초승달'은 무엇을 비유하고 있는가? 비유한 까닭에 대해서도 써 보자.

어떤 귀로

6. 차가운 촉각적 이미지를 통해 가난하게 살아야 했던 어머니의 고된 삶을 형상화한 부분은 어디인가?

유리창

7. '유리'의 함축적 의미는 무엇인가?

8. 죽은 자식의 이미지를 제시한 시행을 찾아보고, 그 공통점을 말해 보자.

4.

/

비판과 풍자

들어가며

'전우치'라는 드라마는 조선시대에 만들어진 '전우치전'이라는 소설이 원작이다. 탐관오리가 들끓고 백성들이 가난으로 고통받을 때 전우치라는 도사가 나타나 약한 자들을 괴롭히는 무리들을 혼내 주고 가난한 사람들을 도와주었다는 줄거리다. 당시의 부정적 사회 현실에 도술로 저항하는 전우치의 모습은 사회에 대한 비판 의식과 조롱이 담겨져 있다. 이처럼 부정적인 사회의 현실이나 대상의 결점이나 불합리함을 익살스럽게 비판하는 표현이 바로 풍자이다. 작가는 비판하고 싶은 부정적 현실이나 도덕적으로 옳지 않은 대상에게 슬며시 돌려 말하며 비판하는 것이다, 이때 비웃음, 조롱, 익살스러운 따라하기, 반어적인 표현 등으로 부정적인 대상이나 현실의 상황을 비꼰다.

한마디로 말하자면 풍자는 작가가 특정 개인이나 사회의 어리석은 점을 비웃으며 꼬집어 비판하는 것을 의미한다. 시에 드러난 풍자를 파악하기 위해서는 우선 시적 화자는 누구이고 어디에 위치해서 어떤 대상을 바라보는지를 알아야 한다. 그리고 화자와 대상이 어떤 상황 속에 있고 화자는 대상에 대해 어떤 태도를 보이고 있는지를 파악하면 풍자의 의도를 파악할 수 있을 것이다.

두꺼비 파리를 물고

작자 미상

두꺼비 파리를 물고 두엄 위에 치달아 앉아
건넛산 바라보니 *백송골이 떠 있거늘 가슴이 끔찍하여 풀쩍 뛰어
내닫다가 두엄 아래 자빠졌구나.
*모쳐라, 날랜 나이니 망정이지 *어혈 질 뻔했구나.

* 백송골 백송고리. 맷과의 새. 매 종류 중에서 몸이 크며, 성질이 굳세고 날쌔어 사냥용으로 쓰임.
* 모쳐라 '마침'의 옛말. 어떤 경우나 기회에 알맞게.
* 어혈 질 뻔했구나. 멍이 들 뻔했구나.

감상 길잡이

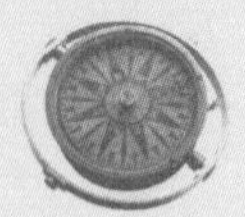

이 작품에서 '두꺼비'는 '파리'를 물고 두엄에 올라간다. 두꺼비에게 파리는 힘없는 약자일 것이다. 두꺼비는 힘없는 약자인 파리에게는 강하지만, '흰 송골매'와 같은 강자 앞에서는 한없이 약한 모습을 보인다. '흰 송골매'가 떠 있는 것만 보고도 무서워 몸을 풀쩍 뛰어 피하다가 우스꽝스럽게 자빠지고 만다. 그런데 그런 주제에 하는 말이 '내가 날쌔서 이 정도로 끝났지 아니면 큰일 날 뻔했다.'는 것이다. 자신보다 나은 존재에게는 꼼짝하지 못하면서 거들먹거리기나 하는 모습을 은근히 조롱하고 비판하고 있다는 것을 알 수 있다.

이 작품은 조선 후기에 창작된 것으로 여겨지는 시조이다. 세상의 모습을 '두꺼비'라는 친숙한 존재를 사용하여 풍자하고 있고, 일반 시조와 다르게 격식을 파괴한 사설시조이다. 또, 서민들이 주로 사용하는 말인 '두엄', '자빠졌다', '어혈 질 뻔했다' 등을 사용하고 있다는 점 등에서 서민 계층이 창작한 것으로 생각할 수 있다. 임진왜란 이후, 양반과 같은 지배 계층이 더 이상 백성들을 지켜 주지 못한다는 것을 깨달은 서민들은 오히려 부정부패가 심해지고 서민들을 외면하는 당대 사회에 대해 불만이 많았다고 한다. 이러한 불만들이 사설시조로 하나둘씩 드러난 것이다.

'파리'와 같은 약자, 서민들을 괴롭히며 두엄 위에서 거드름을 피우는 '두꺼비'는 당시의 탐관오리를 나타낸 것으로 볼 수 있다. '흰 송골매'는 '두꺼비'보다 더 높은 관리일 것이다. 이렇게 동물들의 모습으로 당시의 사회 모습과 부정적인 탐관오리들을 은근히 꼬집고 조롱하는 모습에서 당시 서민들의 비판적 의식과 삶의 모습을 엿볼 수 있다.

송사리

이문구

누구냐고요?
이젠 얼굴도 잊으셨네요.
강물 냇물 놔두고
논과 연못에 살았던 송사리예요.
송사리 끓듯 한다는 속담도 있잖아요.
예전엔 그렇게 흔했었죠.
송사리 낚시나 그물은 없어요.
우릴 해칠 마음이 없었거든요.
아이들이 간혹
물 담은 고무신이나 어항에 넣긴 했지만
이내 놓아줬어요.
원래가 친했으니까요.
그런데 논에는 농약 연못엔 폐수
이젠 살 데가 없네요.
그래서 꿈에 나타나 부탁하는 거예요.
어디 살 만한 데가 있으면
꼭 알려 주세요.

감상 길잡이

이 시는 환경 오염으로 인해 피해를 입고 있는 송사리가 화자이다. 송사리는 꿈에 나타나 서운한 마음을 절실한 어조로 이야기한다. 왜 송사리가 살 곳이 사라졌을까? '농약'과 '폐수'라는 말에서 인간이 만들어 낸 환경오염과 환경 파괴 때문이라는 것을 충분히 끌어낼 수 있다. 작가는 송사리의 말을 통해 인간들의 환경 파괴와 무관심을 비판하고 풍자하고 있다.

이문구(1941~2003)

시인, 소설가. 우리말 특유의 가락을 잘 살려 낸 유장한 문장으로 농민 소설의 새로운 장을 개척했다. 주요 작품으로는 '관촌수필', '우리 동네' 등이 있다.

짧은 이야기

김용택

사과 속에 벌레 한 마리가 살고 있었습니다.
사과는 그 벌레의 밥이요, 집이요, 옷이요, 나라였습니다.
사람들이 그 벌레의 집과 밥과 옷을 빼앗고
나라에서 쫓아내고 죽였습니다.

누가 사과가 사람들만의 것이라고 정했습니까.
사과는 서러웠습니다.
서러운 사과를 사람들만 좋아라 먹습니다.

감상 길잡이

사과와 벌레는 누가 떼어 놓았을까? 사람들은 벌레에게서 사과를 빼앗고 죽였으며, 서러워하는 사과를 아랑곳하지 않고 좋아라 먹는다. 화자는 질문한다. '누가 사과가 사람들만의 것이라고 정했습니까.'라고. 자연 속의 사과는 벌레와 새들과 많은 동물들의 양식이다. 더불어 동물들의 배설물을 통해 세상에 나온 사과 씨앗은 새로 싹을 내려 사과나무로 태어났다. 베풂과 나눔의 순환을 끊어 버린 사람들에게 던진 화자의 질문을 곰곰이 생각해 보자.

김용택(1948~)

시인. 섬세한 시어와 서정적인 가락을 바탕으로 농촌의 현실을 노래하였다. 주요 저서로 "섬진강", "그 여자네 집", "수양버들" 등이 있다.

*초토의 시 1

구상

판잣집 유리딱지에
아이들 얼굴이
불타는 해바라기마냥 걸려 있다.

내려쪼이던 햇발이 눈부시어 돌아선다.
나도 돌아선다.
울상이 된 그림자 나의 뒤를 따른다.

어느 접어든 골목에서 걸음을 멈춘다.
잿더미 소복한 울타리에
개나리가 망울졌다.

저기 언덕을 내려 달리는
소녀의 미소엔 앞니가 빠져
죄 하나도 없다.

나는 술 취한 듯 흥그러워진다.
그림자 웃으며 앞장을 선다.

* 초토 불에 까맣게 탄 흙이나 땅.

구상(1919~2004)

시인. 1946년 시집 "응향" 필화 사건으로 반동 시인으로 몰려 월남했으며, 6.25 전쟁 때 종군 기자로 활동하였다. 시집으로 "시집 구상", "초토의 시", "까마귀" 등이 있다.

감상 길잡이

시인은 담담하게 6.25 전쟁 직후의 현실을 노래하고 있다. 그는 전쟁 후 어둠에 찬 현실이지만 훙겨운 마음으로 씩씩하게 나아가자고 말한다. '잿더미 소복한 울타리에 / 개나리가 망울졌다.'는 시구에서 비애의 감정이 희망으로 바뀌는 것을 볼 수 있다. 내려 쪼이던 햇발도 눈부셔 할 만큼 밝은 아이들의 얼굴, 개나리처럼 천진하고 순수한 소녀의 미소에서 울상이 되었던 화자의 그림자도 술 취한 듯 훙겹게 새 시대의 희망을 그리게 된다.

풀

김수영

풀이 눕는다.
비를 몰아오는 동풍에 나부껴
풀은 눕고
드디어 울었다.
날이 흐려서 더 울다가
다시 누웠다.

풀이 눕는다.
바람보다도 더 빨리 눕는다.
바람보다도 더 빨리 울고
바람보다 먼저 일어난다.

날이 흐리고 풀이 눕는다.
발목까지
발밑까지 눕는다.
바람보다 늦게 누워도
바람보다 먼저 일어나고
바람보다 늦게 울어도
바람보다 먼저 웃는다.
날이 흐리고 풀뿌리가 눕는다.

김수영(1921~1968)

시인. 강렬한 현실 의식과 저항 정신을 바탕으로 시를 탐구하였다. 시집으로 "달나라의 장난", "거대한 뿌리" 등이 있다.

감상 길잡이

이 시가 창작된 1960년대의 사회적 현실에 비추어 본다면 '바람'은 권력을, '풀'은 민중으로 볼 수 있을 것이다. 비바람 부는 들판에서 바람과 엉켜 이리저리 흔들리고 나부끼는 풀들은 바람이 그치면 언제 그랬냐는 듯 생기발랄한 모습을 되찾는다. 이 시에서 풀은 바람에 눕고, 우는 나약한 존재이다. 그러나 화자는 바람보다 먼저 일어나는 풀의 모습에 주목하고 결국에는 바람보다 먼저 일어나고 먼저 웃는 풀의 모습을 보여 주며 민중의 힘은 권력보다 강하다는 말을 하고자 하는 것이다.

*묘비명

김광규

한 줄의 시는커녕
단 한 권의 소설도 읽은 바 없이
그는 한평생을 행복하게 살며
많은 돈을 벌었고
높은 자리에 올라
이처럼 훌륭한 비석을 남겼다
그리고 어느 유명한 문인이
그를 기리는 묘비명을 여기에 썼다
비록 이 세상이 잿더미가 된다 해도
불의 뜨거움 꿋꿋이 견디며
이 묘비는 살아남아
귀중한 *사료가 될 것이니
역사는 도대체 무엇을 기록하며
시인은 어디에 무엇을 남길 것이냐

* 묘비명 묘비에 새긴 글. 죽은 사람에 대한 경력이나 그 일생을 상징하는 말 따위를 새김.
* 사료 역사 연구에 필요한 문헌이나 유물. 문서, 기록, 건축, 조각 따위를 이름.

감상 길잡이

이 시에서 '시'나 '소설'은 인간성과 정신적인 가치를 의미한다. '그'는 이러한 정신적 가치는 관심도 없이 돈과 지위만을 얻어 평생 행복하게 살았으며 '훌륭한 비석'까지 남긴다. 그 묘비를 '귀중한' 사료로 여기는 세상을 화자는 비판하고 있다. 우리의 역사에 기록되어야 할 진정한 가치는 무엇일까? 우리 사회에서 진정 인정받아야 하는 가치를 추구하는 '시인'으로 살아가는 사람은 무엇을 해야 할까?

김광규(1941~)

시인. 현대를 살아가는 소시민들의 이기주의와 속물 근성에 대한 비판적 성찰을 다룬 작품들이 많다. 주요 작품으로는 '희미한 옛사랑의 그림자', '반달곰에게', '크낙산의 마음' 등이 있다.

시 속으로

두꺼비 파리를 물고

1. 파리에 대한 두꺼비의 태도와 송골매에 대한 두꺼비의 태도에 대해 써 보자.

송사리

2. 송사리를 사람과 멀어지게 한 시어를 두 개 찾아보고, 근본적인 원인이 무엇일지 생각해 보자.

짧은 이야기

3. 사과가 서러워하는 이유는 무엇일까? 2연의 1행을 참고하여 써 보자.

초토의 시 1

4. '판잣집', '잿더미'와 대조적인 시어들을 찾고, 그 시어들의 느낌을 말해 보자.

풀

5. 풀의 모습을 정리해 보자.

연	풀의 모습
1연	바람이 불면 눕고 운다.
2연	
3연	

6. '풀'이 '바람'보다 늦게 울어도 먼저 웃는다는 것은 무엇을 의미하는가?

묘비명

7. 이 시에서 제기하고 있는 우리 사회의 문제는 무엇인가?

5.

/

반어와 역설

들어가며

반어(反語)란 자신이 나타내고자 하는 것과는 반대로 표현하는 것을 말한다. 예를 들어, 못난 짓을 하는 사람을 보고 '잘났어. 정말.'이라고 하는 것이나 유리창을 깬 사람을 보고 '잘 한다.'고 표현하는 것을 말한다. 김소월의 시 '진달래꽃'을 보면 '죽어도 아니 눈물 흘리우리다.'에서 임이 떠날 때, 슬퍼도 눈물을 흘리지 않겠다고 이야기하지만 사실은 속으로 매우 슬퍼할 것이라는 내용이 담겨 있다.

역설(逆說)이란 겉으로는 모순된 표현이지만, 실은 그 속에 절실한 뜻이 담겨 있는 표현 방법이다. 표면적으로는 모순된 표현이지만 음미해 보면 그 속에 진실을 담고 있는 것이다. 유치환의 시 '깃발'에서 '이것은 소리 없는 아우성'은 소리가 없는 아우성이 있을 수 없기 때문에 모순된 표현이다. 하지만 그 속에서는 강하게 아우성치는 모습이 느껴지도록 역설적으로 표현한 것이다.

진달래꽃

김소월

나 보기가 역겨워
가실 때에는
말없이 고이 보내 드리우리다.

영변에 약산
진달래꽃
아름 따다 가실 길에 뿌리우리다.

가시는 걸음걸음
놓인 그 꽃을
사뿐히 즈려밟고 가시옵소서.

나 보기가 역겨워
가실 때에는
죽어도 아니 눈물 흘리우리다.

김소월(1902~1934)

시인. 본명은 정식(廷湜). 3음보 율격을 바탕으로 이별의 슬픔과 임에 대한 그리움을 노래한 시를 많이 썼다. 주요 작품으로는 '진달래꽃', '산유화', '엄마야 누나야', '가는 길' 등이 있다.

감상 길잡이

이 시는 우리 민족의 일반적인 정서인 '이별의 정한(情恨)'을 노래하고 있는 작품이다.

특히 여성적 어조의 '드리우리다', '뿌리우리다', '가시옵소서', '흘리우리다' 등의 애절하고 간절한 분위기는 자신의 충격과 슬픔, 아픔 그리고 이별이 가져다줄 커다란 상처를 드러냄으로써 임이 떠나지 않기를 바라는 간절한 심정을 전달하고 있다고 볼 수 있다.

진달래꽃을 한자어로 두견화(杜鵑花)라고 한다. 전설에 의하면 두견화는 밤마다 부르짖으며 목구멍에 피가 나도록 우는 두견새가 피를 토해서 난 자리에서 핀 꽃이라고 한다. 두견화, 즉 진달래꽃의 색깔도 붉다.

3연에서 임이 가시는 걸음걸음마다 놓인 그 진달래꽃을 사뿐히 즈려(눌러)밟고 가시라는 이야기는 자신이 피를 토해 놓은 처절한 슬픔과 아픈 심정, 심장을 밟고 가라는 이야기이다. 다시 이야기하면 지금 임을 절대로 보내기는 싫지만, 임이 떠나려고 하니 자신의 사랑과 정성이 담긴 자신의 분신인 진달래꽃을 밟고 가라는 말이다. 임을 위해 어떠한 희생도 받아들이겠다는 의지를 표현했다고 볼 수 있다.

마지막 연에서 나 보기가 역겨워서(싫어서) 가실 때에는 죽어도 눈물을 흘리지 않겠다는 이야기는 임이 나의 슬퍼하는 모습을 보고 마음이 상할까 봐 걱정스러워, 절대로 눈물을 보이지 않겠다는 뜻이다.

속으로는 슬퍼하지만 슬픔을 나타내지 않으려는 자세가 나타난 것으로 임이 떠날 때 자신은 매우 슬퍼할 것이라는 뜻을 포함하고 있는 반어적 표현의 시라고 할 수 있다.

그날이 오면

심훈

그날이 오면 그날이 오면은
삼각산이 일어나 더덩실 춤이라도 추고
한강 물이 뒤집혀 용솟음칠 그날이
이 목숨이 끊기기 전에 와 주기만 할 양이면
나는 밤하늘에 날으는 까마귀와 같이
종로의 인경을 머리로 들이받아 울리오리다.
두개골은 깨어져 산산조각이 나도
기뻐서 죽사오매 오히려 무슨 한이 남으오리까.

그날이 와서 오오 그날이 와서
육조 앞 넓은 길을 울며 뛰며 뒹굴어도
그래도 넘치는 기쁨에 가슴이 미어질 듯하거든
드는 칼로 이 몸의 가죽이라도 벗겨서
커다란 북을 만들어 들쳐 메고는
여러분의 행렬에 앞장을 서오리다.
우렁찬 그 소리를 한 번이라도 듣기만 하면
그 자리에 거꾸러져도 눈을 감겠소이다.

감상 길잡이

조국 광복이 온다면 삼각산(=북한산)이 덩실 춤을 추고, 한강물이 용솟음칠 만큼 기뻐서, 종에 머리를 들이받아도 좋고, 몸의 가죽을 벗겨서 커다란 북을 만들어 민족의 행렬에 앞장을 서도 좋다는 것이다. 그날(조국 광복)을 애타게 바라는 시적 화자의 강인한 의지와 자세를 극한적인 표현으로 드러냈고, 비장한 목소리를 통해서 간절한 소망을 나타낸 시라고 할 수 있다.

심훈(1901~1936)

소설가. 영화인. 3.1 운동에 참가하여 복역하였으며 대중적이고 계몽적인 소설을 많이 썼다. 영화 "먼동이 틀 때"를 각색하고 감독하기도 했다. 주요 저서로는 "상록수", "직녀성", 시집 "그날이 오면" 등이 있다.

깃발

유치환

이것은 소리 없는 아우성
저 푸른 *해원(海原)을 향하여 흔드는
영원한 *노스탈쟈의 손수건
순정은 물결같이 바람에 나부끼고
오로지 맑고 곧은 이념의 *푯대 끝에
*애수는 백로처럼 날개를 펴다.
아! 누구던가
이렇게 슬프고도 애달픈 마음을
맨 처음 공중에 달 줄을 안 그는.

* 해원 바다.
* 노스탈쟈 고향을 몹시 그리워하는 마음. 또는 지난 시절에 대한 그리움. '노스탤지어'가 바른 표기임.
* 푯대 목표로 삼아 세우는 대.
* 애수 마음을 서글프게 하는 슬픈 시름.

감상 길잡이

깃대에 매달려 있는 깃발을 통해 이상향에 도달할 수 없는 절망을 노래하고 있다. 깃발은 늘 푸른 해원을 향해 펄럭이지만 깃대에 묶여 있어 날아갈 수 없다. '이것은 소리 없는 아우성'은 이상에 대한 그리움을 더욱 강하고 선명하게 드러내는 시구이다. 이것은 이상 세계를 따라가고 싶지만, 현실에서 벗어날 수 없는 정해진 운명 때문에 갈등하는 인간의 모습과 비슷하다. 이상향에 도달할 수 없도록 묶여 있는 인간의 한계, 슬픈 현실이 느껴진다.

유치환(1908~1967)

시인. 호는 청마(靑馬). 어려움을 뚫고 이상 실현을 향해 나아가겠다는 굳은 의지를 노래한 시를 많이 썼다. 시집에 "청마시초", "생명의 서", "울릉도", "뜨거운 노래는 땅에 묻는다" 등이 있다.

먼 후일

김소월

먼 후일 당신이 찾으시면
그때에 내 말이 '잊었노라'

당신이 속으로 나무라면
'무척 그리다가 잊었노라'

그래도 당신이 나무라면
'믿기지 않아서 잊었노라'

오늘도 어제도 아니 잊고
먼 훗날 그때에 '잊었노라'

감상 길잡이

떠나간 임이 자신에게 다시 돌아올 것이라는 이루어지지 않을 상황을 가정하여, 임에 대한 잊을 수 없는 심정을 표현하였다. 이별한 후, 먼 후일 떠나간 임이 나를 찾는다면, 그때 나는 잊었노라고 말하지만, 가슴속에 떠나간 임을 향한 애틋하고 사무치는 그리움이 있어서 잊지 못했다. '잊었노라'는 말을 통해 절대로 잊지 못하겠다는 마음을 표현하고 있다. 임을 그리워하는 화자의 마음이 너무도 절실하여 그 안타까움이 잔잔하고 깊게 파고든다.

김소월(1902~1934)

시인. 본명은 정식(廷湜). 3음보 율격을 바탕으로 이별의 슬픔과 임에 대한 그리움을 노래한 시를 많이 썼다. 주요 작품으로는 '진달래꽃', '산유화', '엄마야 누나야', '가는 길' 등이 있다.

눈

김수영

눈은 살아 있다.
떨어진 눈은 살아 있다.
마당 위에 떨어진 눈은 살아 있다.

기침을 하자
젊은 시인(詩人)이여 기침을 하자.
눈 위에 대고 기침을 하자.
눈더러 보라고 마음 놓고 마음 놓고
기침을 하자.

눈은 살아 있다.
죽음을 잊어버린 영혼과 육체를 위하여
눈은 새벽이 지나도록 살아 있다.

기침을 하자.
젊은 시인이여 기침을 하자.
눈을 바라보며
밤새도록 고인 가슴의 가래라도
마음껏 뱉자.

김수영(1921~1968)

시인. 강렬한 현실 의식과 저항 정신을 바탕으로 시를 탐구하였다. 시집으로 "달나라의 장난", "거대한 뿌리" 등이 있다.

감상 길잡이

이 시에서 눈은 순수한 생명력을 나타낸다. '눈은 살아 있다.'는 말을 반복함으로써 현실의 더러움과 타협하지 않음을 강조하고 있다. 또 '기침을 하자.'는 자기를 깨끗하게 하는 행위이다. 기침을 해서 몸 안의 불순한 것을 토해 내고, 자신의 더러운 것을 마음 놓고 쏟아 내자는 표현이다. 기침을 하는 행위를 통해서 우리가 살고 있는 더럽혀진 세상에서 순수하고 정의로운 삶을 살고 싶어 하는 소망과 부정적 현실을 극복하려는 의지가 담겨 있다.

모란이 피기까지는

김영랑

모란이 피기까지는,
나는 아직 나의 봄을 기다리고 있을 테요.
모란이 뚝뚝 떨어져 버린 날,
나는 비로소 봄을 *여읜 설움에 잠길 테요.
오월 어느 날, 그 하루 무덥던 날,
떨어져 누운 꽃잎마저 시들어 버리고는
천지에 모란은 자취도 없어지고,
뻗쳐 오르던 내 보람 서운케 무너졌느니,
모란이 지고 말면 그뿐, 내 한 해는 다 가고 말아,
삼백예순 날 *하냥 섭섭해 우옵내다.
모란이 피기까지는,
나는 아직 기다리고 있을 테요, 찬란한 슬픔의 봄을.

* 여읜 여의다 멀리 떠나보내다.
* 하냥 '늘'의 방언.

감상 길잡이

인간이 간절히 바라고, 소망하는 것, 그 소망을 잃어버렸을 때, 실망하고, 절망하여 시련에 빠지는 과정과 그것을 극복하는 과정을 모란이 피고 지는 것을 통해 그리고 있다. 모란이 지고 난 후의 슬픔을 알기 때문에, 모란이 지면 절망감이 클 것이기 때문에 모란이 질 때까지는 기쁨만을 생각하고 지는 설움을 생각하지 않겠다는 뜻도 담겨 있다. 모란이 피는 짧은 시간을 위해 슬픔과 고통을 견디겠다는 자세를 보여 주고 있는 시라고 할 수 있다.

김영랑(1903~1950)

시인. 독창적인 말과 고유어, 방언 등을 사용하여 언어의 아름다움을 보여 주는 시를 주로 썼다. 주요 작품으로는 '돌담에 속삭이는 햇발', '내 마음을 아실 이', '독을 차고' 등이 있다.

시 속으로

진달래꽃

1. 반어적 표현이 쓰인 부분을 찾아 써 보자.

그날이 오면

2. 화자는 극한적 시어를 사용하여 자기희생을 통하여 무엇을 간절히 소망하고 있는가?

3. 이 시는 가정적 미래 상황을 이야기하고 있다. 조국 광복을 바라는 간절한 바람을 불가능한 상황 설정을 통해서 과장법으로 강하게 표현한 부분을 찾아 빈칸에 써 보자.

① (　　　)이 일어나 더덩실 춤이라도 춘다.

② (　　　)이 뒤집혀 용솟음칠 그날

깃발

4. 이 시를 읽고 빈칸을 채워 보자.

① 바람에 펄럭이는 모습을 나타낸 시 구절을 써 보자.
→ 소리 없는 (　　　)

② 푸른 해원을 향하고 있는 것은 어느 시구인지 써 보자.
→ 노스탈쟈의 (　　　)

③ 깨끗하고 순수한 마음을 표현한 시구를 써 보자.
→ 물결같이 바람에 나부끼는 (　　)

④ 영원한 이상에 도달할 수 없는 슬픔을 비유한 구절을 써 보자.
→ 백로처럼 날개를 펴는 (　　)

⑤ 깃대에 매여 있으므로 해원을 그리워하면서도 가지 못하는 마음을 표현한 시구를 찾아보자.
→ 슬프고도 애달픈 (　　)

먼 후일

5. 이 시의 주제는 떠나간 (　　)을 잊을 수 없는 마음이며, 이 시는 잊을 수 없는 임에 대한 강한 (　　　)을 표현한 시이다.

눈

6. '눈', '가래', '기침'의 의미를 써 보세요.

모란이 피기까지는

7. 역설적 표현이 드러나는 부분을 찾아보고, 화자의 슬픔을 과장적 표현을 통해 서러운 정감의 깊이로 나타낸 부분을 찾아보자.

2부

시의 이해

6. 주제의 강조

7. 화자와 시점

8. 정서와 분위기

9. 화자의 태도

10. 형상화의 단계

6.

/

주제의 강조

들어가며

시의 주제라는 것은 시인이 그 시를 통해서 말하고자 하는 중심 내용이다. 따라서 주제를 알기 위해서는 시를 통해서 시인이 무엇을 말하려고 하는지를 잘 파악해야 한다. 시를 읽으면서 해야 할 일은 시인은 어떠한 방법으로 이야기를 하고 있고, 어떤 내용을 독자에게 전달하려고 하는지를 깨닫는 것이다. 또한 시인은 함축적인 언어, 애매한 언어, 다양한 의미로 해석되는 언어로 이야기하고 있다. 독자의 입장에서 이러한 시의 주제를 파악하기 위해서는

첫째, 시에서 역사적·문화적·사회적 상황이 어떤 모습으로 그려지는지를 파악해야 한다.

둘째, 시인이 중심 소재를 어떤 생각 혹은 어떤 정서적 상태로 그려 내고 있는지를 생각해야 한다.

셋째, 언어의 지시적 의미만이 아니라 암시적, 함축적 의미를 함께 고려해야 한다.

넷째, 작품마다 독특한 어조에도 관심을 가지고 있어야 한다.

님의 침묵

한용운

님은 갔습니다. 아아, 사랑하는 나의 님은 갔습니다.
푸른 산빛을 깨치고 단풍나무 숲을 향하여 난 작은 길을 걸어서, 차마 떨치고 갔습니다.
황금의 꽃같이 굳고 빛나던 옛 맹서는 차디찬 티끌이 되어서 한숨의 미풍에 날아갔습니다.
날카로운 첫 키스의 추억은 나의 운명의 지침을 돌려놓고, 뒷걸음쳐서 사라졌습니다.
나는 향기로운 님의 말소리에 귀먹고, 꽃다운 님의 얼굴에 눈멀었습니다.
사랑도 사람의 일이라, 만날 때에 미리 떠날 것을 염려하고 경계하지 아니한 것은 아니지만, 이별은 뜻밖의 일이 되고, 놀란 가슴은 새로운 슬픔에 터집니다.
그러나 이별을 쓸데없는 눈물의 원천을 만들고 마는 것은 스스로 사랑을 깨치는 것인 줄 아는 까닭에, 걷잡을 수 없는 슬픔의 힘을 옮겨서 새 희망의 정수박이에 들어부었습니다.
우리는 만날 때에 떠날 것을 염려하는 것과 같이, 떠날 때에 다시 만날 것을 믿습니다.
아아, 님은 갔지만은 나는 님을 보내지 아니하였습니다.
제 곡조를 못 이기는 사랑의 노래는 님의 침묵을 휩싸고 돕니다.

한용운(1879~1944)

독립운동가, 승려, 시인. 호는 만해(萬海). 불교 사상을 바탕으로 철학적 사색과 신비적 명상세계를 형상화한 시를 많이 썼다. 주요 작품으로는 '사랑하는 까닭', '나룻배와 행인', '님의 침묵' 등이 있다.

감상 길잡이

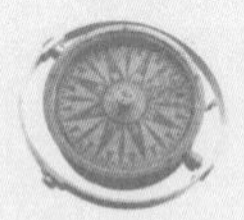

한용운은 시인이자, 승려이자 독립운동가다. 따라서 한용운의 '님의 침묵'에 나오는 임의 해석은 여러 가지이다. 임이라는 말을 그대로 해석해 볼 때는 '어느 여인'이 될 것이고, 승려로서의 임은 부처님이고, 진리를 구하는 구도자(求道者)로서의 임은 불교의 진리이며, 나라를 잃은 독립운동가로서의 임은 조국, 민족이 될 것이다. 특히 그가 일제에 끝까지 항거한 독립운동가라는 점을 생각해 보면, 임은 조국일 것이다.

이 시는 절망적인 이별의 슬픔을 극복하고, 그것을 새로운 만남에 대한 희망으로 바꾸려는 내용을 담고 있다. 가족들이 아침에 각자의 직장과 학교로 흩어져도 저녁이면 다시 모이고[거자필반(去者必反)], 모인 가족은 아침에 다시 흩어져서 각자의 일터로 간다[회자정리(會者定離)]. 부모, 형제도 영원히 같이 살 수는 없다. 언젠가는 헤어졌다가 다시 만난다. 불교에서의 인연설처럼 임(조국)도 지금은 잠시 떠나 있지만 언젠가는 다시 돌아올 것을 믿는다는 것이다.

현실적으로 임은 떠났지만 나는 임을 보내지 않았다는 것은 불교의 인연설처럼 임은 반드시 돌아올 것이라는 믿음을 보여 주는 것이다. 이는 시대 상황으로 보아서 조국은 잠시 내 곁을 떠나 있지만 언젠가 반드시 조국 광복이 다시 돌아올 것이라는 것을 확신하고 있는 것이다. 임과의 재회를 믿기 때문에 절망에만 빠져 있지 않고 언젠가 반드시 돌아올 임에 대한 기다림과 그를 향한 변함없는 사랑을 보내는 것이다. 따라서 이 시의 주제는 임에 대한 영원한 사랑이라 할 수 있다.

갈대

신경림

언제부턴가 갈대는 속으로
조용히 울고 있었다.
그런 어느 밤이었을 것이다. 갈대는
그의 온몸이 흔들리고 있는 것을 알았다.
바람도 달빛도 아닌 것.
갈대는 저를 흔드는 것이 제 조용한 울음인 것을
까맣게 몰랐다.

—산다는 것은 속으로 이렇게
조용히 울고 있는 것이란 것을
그는 몰랐다.

감상 길잡이

갈대는 어느 날 밤에 그의 온몸을 흔드는 것이 제 울음인 것을 알게 되었고 자신의 존재, 모든 삶의 부분이 고독하다는 것을 깨달았다. 삶이 근원적으로 고독과 슬픔, 서러움을 안고 있다는 것을 알게 된 것이다. 결국 이 시는 갈대를 통해 자신이 존재하고 있는 방식을 이야기하고 있으며, 인간이 존재한다는 것 자체가 정해진 운명이자 피할 수 없는 운명이며 고독함을 지니고 있다는 것을 말하고 있다.

신경림(1936~)

시인. 그의 시는 삶이 고달픈 사람들의 이야기를 다루면서도 항상 따뜻하고 잔잔한 가정을 바탕으로 하고 있어 감동을 준다. 주요 저서로는 "농무", "가난한 사랑 노래", "남한강", "쓰러진 자의 꿈" 등이 있다.

*섶섬이 보이는 방 -이중섭의 방에 와서

나희덕

서귀포 언덕 위 초가 한 채
귀퉁이 *고방을 얻어
*아고리와 발가락군은 아이들을 키우며 살았다
두 사람이 누우면 꽉 찰,
방보다는 차라리 관에 가까운 그 방에서
게와 조개를 잡아먹으며 살았다
아이들이 해변에서 묻혀 온 모래알이 버석거려도
밤이면 식구들의 살을 부드럽게 끌어안아
조개껍데기처럼 입을 다물던 방,
게를 삶아 먹은 게 미안해 게를 그리는 아고리와
소라 껍데기를 그릇 삼아 상을 차리는 발가락군이
서로의 몸을 끌어안던 석회질의 방,
방이 너무 좁아서 그들은
하늘로 가는 사다리를 높이 가질 수 있었다
꿈속에서나 그림 속에서
아이들은 새를 타고 날아다니고
복숭아는 마치 하늘의 것처럼 탐스러웠다
총소리도 거기까지는 따라오지 못했다

* 섶섬 제주도 서귀포시에 딸린 작은 섬.
* 고방 '광'의 원말. 세간이나 그 밖의 여러 가지 물건을 넣어 두는 곳.
* 아고리와 발가락군 '아고리'는 이중섭을, '발가락군'은 그의 일본인 아내 마사코를 가리키는 애칭이다.

나희덕(1966~)

시인. 인간과 자연의 조화로운 관계를 모색하는 시, 상처 입은 이들의 슬픔과 고통을 감싸 안는 시를 많이 썼다. 주요 시집에 "뿌리에게", "그 말이 잎을 물들였다", 산문집에 "반 통의 물" 등이 있다.

섶섬이 보이는 이 마당에 서서
서러운 햇빛에 눈부셔한 날 많았더라도
*은박지 속의 바다와 하늘,
게와 물고기는 아이들과 해 질 때까지 놀았다
게가 아이의 잠지를 물고
아이는 물고기의 꼬리를 잡고
물고기는 아고리의 손에서 파닥거리던 바닷가,
그 행복조차 길지 못하리란 걸
아고리와 발가락군은 알지 못한 채 살았다
빈 조개껍데기에 세 든 소라게처럼

* 은박지 속의 바다와 하늘 당시 몹시 가난했던 이중섭은 그림 재료를 구할 수 없어서 담뱃갑 속의 은박지에 뾰족한 쇠붙이 같은 것으로 그림을 그렸다.

감상 길잡이

화가 이중섭이 6.25 전쟁 때 1년 동안 제주도에 와서 가족들과 생활한 방을 나희덕 시인이 찾아와 쓴 시이다. 이중섭과 아이들은 바닷가에 나가서 게와 조개를 잡아먹으며 살았다. 가난은 그를 가족과 헤어지게 했고 죽는 순간까지 재회를 하지 못하게 했다. 이중섭은 은박지에다 바다와 하늘, 게와 물고기를 그렸고, 아이들과 해질 때까지 노는 그림을 그렸다. 이중섭의 가족에 대한 그리움과 외로움을 이해하면서 이 시를 감상해 보자.

껍데기는 가라

신동엽

껍데기는 가라.
사월(四月)도 알맹이만 남고
껍데기는 가라.

껍데기는 가라.
동학년(東學年) 곰나루의, 그 아우성만 살고
껍데기는 가라.

그리하여, 다시
껍데기는 가라.
이곳에선, 두 가슴과 그곳까지 내논
아사달 아사녀가
중립(中立)의 초례청 앞에 서서
부끄럼 빛내며
맞절할지니

껍데기는 가라.
한라(漢拏)에서 백두(白頭)까지
향그러운 흙가슴만 남고
그, 모오든 쇠붙이는 가라.

신동엽(1930~1969)

시인. 1960년대 참여 시인을 대표하면서 시대에 대한 비판 의식을 바탕으로 민중의 강렬한 저항 의식을 시로 표현하였다. 주요 작품으로는 장시 '아사녀', 서사시 '금강', 그리고 '껍데기는 가라', '봄은' 등이 있다.

감상 길잡이

이 시는 껍데기, 즉 허위, 가식, 겉치레는 가라고 이야기하고 있다. 독재 정권에 저항하여 일어난 4.19 혁명의 순수한 정신, 근본적인 것, 진정한 것, 농민이 주체가 되어 새로운 시대를 꿈꾸었던 동학 농민 운동의 아우성, 그 순수한 정신만 살고 껍데기는 가라고 말하고 있다. 그리고 아사달과 아사녀의 결혼을 통해서 우리 민족의 화합과 통일의 소망을 나타내고 있다. 이 시는 순수한 민족의 삶과 진정한 민족의 역사를 열어 가려고 하는 간절한 외침을 보여 주고 있다.

그 꽃

고은

내려갈 때 보았네.
올라갈 때 보지 못한
그 꽃.

감상 길잡이

언젠가 그냥 지나쳤던 삶의 모습들이 한참 지난 후에 은은하게 메아리가 되어 마음속에 깊게 울려 퍼질 때가 있다. 산을 가파르게 올라갈 때에는 어느 것에도 눈 돌릴 겨를이 없다. 산을 올라갈 때는 머리 위에 펼쳐진 아름다운 꽃들에게도 인색하고 그저 바쁘게 올라간다. 그러나 어느 정도 여유가 생기면 잠시 멈추고 주위를 살펴보게 된다. 그러면 그동안 보이지 않던 것도 볼 수 있다. 내려올 때 발견하는 삶의 소중한 가치를 말하고 있는 시다.

고은(1933~)

시인. 초기 시는 주로 허무와 무상을 탐미적으로 노래한 반면, 그 이후에는 어두운 시대 상황과 맞물리면서 현실에 대한 치열한 참여 의식과 역사의식을 노래하였다. 주요 시집에 "피안감성", "조국의 별" 등이 있다.

가는 길

김소월

그립다
말을 할까
하니 그리워.

그냥 갈까
그래도
다시 더 한 번

저 산에도 까마귀, 들에 까마귀,
서산에는 해 진다고
지저귑니다.

앞강물, 뒷강물,
흐르는 물은
어서 따라 오라고 따라 가자고
흘러도 연달아 흐릅디다려.

감상 길잡이

이별의 아쉬움과 그리움을 말하는 시다. 그립다는 말을 하려고 하니 그리움이 왈칵 치솟아 오르고, 가슴에 깊이 담아 두었던 사람이었는데 그냥 가 버릴까 하면서도 차마 발길이 떨어지지 않는다. 지금 떠나지 않으면 안 된다는 사실을 잘 알면서도 쉽게 떠나지 못하는 모습이 보는 사람으로 하여금 답답하고, 아쉽고, 슬프고, 마음 아픈 정을 느끼도록 해 주고 있다.

김소월(1902~1934)

시인. 본명은 정식(廷湜). 3음보 율격을 바탕으로 이별의 슬픔과 임에 대한 그리움을 노래한 시를 많이 썼다. 주요 작품으로는 '진달래꽃', '산유화', '엄마야 누나야', '가는 길' 등이 있다.

시 속으로

님의 침묵

1. 미래에 대한 찬란한 희망을 뜻하는 시구와 절망과 시들어 떨어짐을 뜻하는 시구를 각각 찾아 써 보자.

갈대

2. '갈대'가 뜻하는 것은 무엇인가?

섶섬이 보이는 방 -이중섭의 방에 와서

3. 이 시의 주제는 무엇인가?

4. 이중섭의 턱이 길다고 하여 붙여진 애칭은 무엇인가?

껍데기는 가라

5. 순수하지 못한 허위, 가식, 겉치레를 배척하려는 화자의 의지를 표현한 시구를 찾아보자.

그 꽃

6. 처음에는 보이지 않았지만 나중에 보니까 볼 수 있었던 것들을 우리 주변에서 찾아서 써 보자.

가는 길

7. 이 시에 전반적으로 나타난 주된 정서는 무엇인가?

7.

/

화자와 시점

들어가며

시의 화자란 시 속에서 말하는 이로 시인의 생각과 느낌을 대신 전해 주는 존재이다. '서정적 자아' 또는 '시적 자아'라고도 한다. 시적 화자는 시 속에서 직접 드러나기도 하고 드러나지 않기도 한다. 직접 드러나는 경우는 대개 '나'라고 시 속에서 나와 있다. 시적 화자는 다음과 같이 세 가지 형태로 나타난다.

첫째, 말하는 이가 시인 자신, 즉 화자가 시인 자신인 경우이다. 이때 시인의 주관적 감정이나 가치관을 직접 전달한다. 그리고 자기 고백적, 반성적인 성격을 지니고 있다.

둘째, 말하는 이가 다른 이름으로 나타나는 경우이다. 시인은 말하고자 하는 주제나 정서를 가장 효과적으로 전달할 수 있는 사람을 화자로 내세운다.

셋째, 말하는 이가 드러나지 않는 경우이다. 이 경우 객관적 상황을 묘사하고, 독자들 스스로 분위기나 상황을 상상하게 만든다.

시적 화자의 태도는 '어조'를 통해 드러나는 것이 일반적이다. 시적 화자의 태도는 예찬적, 반성적, 부정적, 비판적, 의지적, 달관적, 긍정적 등 여러 가지 형태로 나타난다.

배추의 마음

나희덕

배추에게도 마음이 있나보다
씨앗 뿌리고 농약 없이 키우려니
하도 자라지 않아
가을이 되어도 헛일일 것 같더니
여름내 밭둑 지나며 잊지 않았던 말
— 나는 너희로 하여 기쁠 것 같아
— 잘 자라 기쁠 것 같아

늦가을 배추 포기 묶어 주며 보니
그래도 튼실하게 자라 속이 꽤 찼다
— 혹시 배추벌레 한 마리
이 속에 갇혀 나오지 못하면 어떡하지?
꼭 동여매지도 못하는 사람 마음이나
배추벌레에게 반 넘어 먹히고도
속은 점점 순결한 잎으로 차오르는
배추의 마음이 뭐가 다를까
배추 풀물이 사람 소매에도 들었나 보다

나희덕(1966~)

시인. 인간과 자연의 조화로운 관계를 모색하는 시, 상처 입은 이들의 슬픔과 고통을 감싸 안는 시를 많이 썼다. 주요 시집에 "뿌리에게", "그 말이 잎을 물들였다", 산문집에 "반 통의 물" 등이 있다.

감상 길잡이

이 시는 자연을 사람처럼 대하며 자연과 인간이 서로 교감을 나누는 모습을 노래하고 있다. 시인은 '배추에게도 마음이 있나보다.'라고 배추를 의인화하는 의인법을 사용하여 배추도 인간을 이해하는 마음을 지녔다고 생각하고 있다. 자연에 대한 시적 화자의 따뜻한 마음이 드러난다.

화자는 배추가 잘 자랄 것 같지 않아 염려하면서도 여름내 배추에 대한 관심과 애정을 보인다. 그리고 '잘 자라 기쁠 것 같아.'라고 이야기하면서 배추가 잘 자라기를 소망하고 있다. 배추에게 위로의 말을 건네는 것이다.

시적 화자는 배추가 상할까 봐 농약을 뿌리지 않았고, 배추를 사랑하는 마음뿐 아니라 배추벌레를 염려하는 마음도 표현하고 있다. 그래서 화자는 '혹시 배추벌레 한 마리 / 이 속에 갇혀 나오지 못하면 어떡하지?' 배추벌레가 배추에 갇힐까 봐, '꼭 동여매지 못하는 사람 마음'이라고 표현하고 있다.

배추의 마음 또한 배추벌레에게 반 넘어 먹히고도 자기를 길러 준 사람의 마음을 알아서 기쁨을 주기 위해 속은 점점 순결한 잎으로 차오른다. 배추의 마음과 사람의 마음 모두 생명을 존중하면서 상대방을 배려하고 있다. 이는 자연과 인간을 서로 공생하는 관계, 아끼고 사랑하는 관계로 보고 있는 것이다. 마지막 행의 '배추 풀물이 사람 소매에도 들었나 보다.'는 이 시의 주제를 보여 주는 것으로 자연과 인간의 교감, 물아일체(物我一體)의 모습을 표현한 것이다.

귀뚜라미

나희덕

높은 가지를 흔드는 매미 소리에 묻혀
내 울음 아직은 노래 아니다.

차가운 바닥 위에 토하는 울음,
풀잎 없고 이슬 한 방울 내리지 않는
지하도 콘크리트 벽 좁은 틈에서
숨 막힐 듯, 그러나 나 여기 살아 있다.
귀뚜르르 뚜르르 보내는 *타전 소리가
누구의 마음 하나 울릴 수 있을까.

* 타전 전보나 무전을 침.

나희덕(1966~)

시인. 인간과 자연의 조화로운 관계를 모색하는 시, 상처 입은 이들의 슬픔과 고통을 감싸 안는 시를 많이 썼다. 주요 시집에 "뿌리에게", "그 말이 잎을 물들였다", 산문집에 "반 통의 물" 등이 있다.

지금은 매미 떼가 하늘을 찌르는 시절.
그 소리 걷히고 맑은 가을이
어린 풀숲 위에 내려와 뒤척이기도 하고
계단을 타고 이 땅 밑까지 내려오는 날
발길에 눌려 우는 내 울음도
누군가의 가슴에 실려 가는 노래일 수 있을까.

감상 길잡이

화자를 귀뚜라미로 설정하여 자신의 울음이 누군가의 가슴에 전달되기를 기원하는 시다. 귀뚜라미는 고난, 시련, 역경을 겪는 연약한 존재, 하찮은 존재이고, 매미는 화자의 울음소리를 묻히게 하고 힘들게 하는 존재이다. 매미는 귀뚜라미보다 큰 존재, 뛰어넘기 힘든 우상과 같은 존재이다. 귀뚜라미의 소리는 매미 떼의 울음에 묻혀 있지만 언젠가는 자신의 울음이 다른 이의 마음을 울리고, 누군가에게 감동을 주는 노래가 되기를 소망하고 있다.

나룻배와 행인

한용운

나는 나룻배
당신은 행인.

당신은 흙발로 나를 짓밟습니다.
나는 당신을 안고 물을 건너갑니다.
나는 당신을 안으면 깊으나 옅으나 급한 *여울이나 건너갑니다.

만일 당신이 아니 오시면 나는 바람을 쐬고 눈비를 맞으며 밤에서 낮까
지 당신을 기다리고 있습니다.
당신은 물만 건너면 나를 돌아보지도 않고 가십니다그려.
그러나 당신이 언제든지 오실 줄만은 알아요.
나는 당신을 기다리면서 날마다 날마다 낡아 갑니다.

나는 나룻배
당신은 행인.

* 여울 강이나 바다의 바닥이 얕거나 폭이 좁아 물살이 세게 흐르는 곳.

감상 길잡이

나는 '나룻배'이고, 강을 건너게 해 주는 수단이다. 당신은 '행인'이고, 나룻배를 타고 강을 건너는 사람이다. 나룻배는 만일 행인이 오지 않으면 바람과 눈비를 맞는 고통, 시련, 역경 속에서도 그를 기다린다. 이는 임(행인)이 반드시 다시 오리라는 믿음이 있기 때문이다. 임이 오실 때를 기다리는 희생과 인내와 사랑의 실천을 보여 주는 시라고 할 수 있다. 독립운동가로서의 임(행인)은 조국으로, 광복이 꼭 찾아올 것을 믿는다고 해석할 수 있다.

한용운(1879~1944)

독립운동가, 승려, 시인. 호는 만해(萬海). 불교 사상을 바탕으로 철학적 사색과 신비적 명상세계를 형상화한 시를 많이 썼다. 주요 작품으로는 '사랑하는 까닭', '나룻배와 행인', '님의 침묵' 등이 있다.

봄

김춘수

어디서 목련 봉오리 터지는 소리
왼종일 그 소리
뜰에 그득하다.
아무것도 없어도 뜰은
소리 하나로
고운 봄을 맞이한다.

목련꽃의 봉오리가 피어나는 것을 통해서 봄이 오는 모습을 표현한 시다. 아마 목련꽃의 고고한 자태와 시시각각 달라지는 꽃망울, 생명을 잉태하는 모습을 보면서, 봄이 오는 소리를 천둥소리보다 더 크게, 더 마음속 깊이 느낀 것 같다. 뜰에 핀 목련꽃이 피는 소리를 통해, 뜰에 나가면 조용히 변화하고 있는 생명의 신비로움을 통해, 고운 봄, 아름다운 봄, 생명이 움트는 봄이 오고 있다고 화자는 이야기하고 있다.

김춘수(1922~2004)

시인. 초기에는 사물의 존재와 의미를 추구하는 시를 썼으나, 이후에는 모든 설명적 요소와 논리적 요소를 제거시키고, 언어의 이미지만을 추구하는 시를 썼다. 시집으로는 "꽃의 소묘", "김춘수 시집" 등이 있다.

길

김기림

나의 소년 시절은 은빛 바다가 엿보이는 그 긴 언덕길을 어머니의 상여와 함께 꼬부라져 돌아갔다.

내 첫사랑도 그 길 위에서 조약돌처럼 집었다가 조약돌처럼 잃어버렸다.

그래서 나는 푸른 하늘빛에 홀로 때없이 그 길을 넘어 강가로 내려갔다가도 노을에 함북 자줏빛으로 젖어서 돌아오곤 했다.

그 강가에는 봄이, 여름이, 가을이, 겨울이 나의 나이와 함께 여러 번 다녀갔다. 까마귀도 날아가고 두루미도 떠나간 다음에는 누런 모래 둔덕과 그리고 어두운 내 마음이 남아서 몸서리쳤다. 그런 날은 항용 감기를 만나서 돌아와 앓았다.

할아버지도 언제 난지를 모른다는 마을 밖 그 늙은 버드나무 밑에서 나는 지금도 돌아오지 않는 어머니, 돌아오지 않는 계집애, 돌아오지 않는 이야기가 돌아올 것만 같아 멍하니 기다려 본다. 그러면 어느새 어둠이 기어와서 내 뺨의 얼룩을 씻어 준다.

김기림(1908~?)

시인. 평론가. 현대적인 감각으로 현대 문명을 노래하였다. 주요 작품으로 '기상도', '바다와 나비' 등이 있다.

감상 길잡이

길은 시적 화자의 지난 날, 즉 인생을 의미한다. 이 작품을 짧은 수필로 분류하는 의견도 있다. 강가에는 봄이, 여름이, 가을이, 겨울이 나의 나이와 함께 여러 번 다녀갔다고 한다. 화자는 강물도 길과 마찬가지로 많은 것을 떠나보낸다고 말한다. 화자는 마을 밖 버드나무 밑에서 할아버지, 어머니, 계집애 등, 과거를 추억하며 그리움에 젖는다. 화자는 길과 강물을 통해 과거의 삶을 이야기하고, 버드나무를 통해 추억을 떠올리면서 과거의 추억에 대한 그리움과 슬픔을 드러내고 있다.

오매 단풍 들것네

김영랑

"오매, 단풍 들것네."
*장광에 골 붉은 감잎 날아오아
누이는 놀란 듯이 치어다보며
"오매, 단풍 들것네."

추석이 내일모레 기둘리니
바람이 자지어서 걱정이리
누이의 마음아 나를 보아라.
"오매, 단풍 들것네."

*장광 장독대.

감상 길잡이

'오매 단풍 들것네'라는 전라도 말씨를 맛있게 써서 구수하게 토속적으로 표현한 시다. 일상생활에 매달려 시간 가는 줄 몰랐던 누이 앞에 붉은 감잎이 날아오자, 누이는 새삼 계절의 변화에 놀라서 '오매 단풍 들것네.'라고 소리 지른다. 가을이 왔다는 것은 곧 추석이 다가오고, 추운 겨울이 닥쳐서 겨울 준비를 해야 한다는 것을 뜻한다. 단풍을 보는 기쁨의 순간마저도 생활의 걱정을 떨쳐 버리지 못하는 누이의 모습에서 잔잔한 감동을 느낄 수 있다.

김영랑(1903~1950)

시인. 독창적인 말과 고유어, 방언 등을 사용하여 언어의 아름다움을 보여 주는 시를 주로 썼다. 주요 작품으로는 '돌담에 속삭이는 햇발', '내 마음을 아실 이', '독을 차고' 등이 있다.

시 속으로

배추의 마음

1. '배추의 마음'을 어떻게 나타내고 있는지 찾아보자.

귀뚜라미

2. 이 시의 내용을 감상하면서 빈칸을 채워 보자.

(　　　　)는 고난과 시련, 역경을 겪는 연약한 존재, 하잘 것 없는 존재이다. 반면 (　　)는 화자의 울음소리를 묻히게 하는 존재이면서 힘들게 하고 방해하는 존재이다. 화자는 풀잎 없고 이슬 한 방울 내리지 않는 지하도 (　　　　) 벽 좁은 틈에서 숨 막힐 듯, 차가운 바닥 위에 울음을 토해 내고 있다.

나룻배와 행인

3. 당신이 나를 대하는 태도가 나타난 부분을 찾아 써 보자.

봄

4. 이 시를 읽고 빈칸을 채워 보자.

사랑하는 이를 만났을 때, 쿵 하는 느낌은 가슴에 요동을 치지만 실제로는 밖으로 소리가 나지 않을 것이다. 마찬가지로 시인도 피어나는 목련꽃을 보면서 '어디서 왼 종일 목련 (   )터지는 소리'가 (   )에 가득하다고 표현하고 있다. 비록 소리는 나지 않았지만 봄이 오는 소리가 천둥보다 더 크게 마음을 울렸을 것 같다. 그리고 목련꽃이 피는 소리를 통해서 고운 (   )을 맞이하고 있다.

길

5. 이 시를 읽고 빈칸을 채워 보자.

① 이 시에서 길은 화자 (   )의 상여가 나간 길이며 첫 사랑이 스며 있는 (   )의 길을 그린 것이다.

② 이 시에서 과거와 현재를 이어 주는 소재는 (   )이다.

오매 단풍 들것네

6. 이 시를 읽고 빈칸을 채워 보자.

① 이 시는 전라도 방언을 사용하여 (   ) 언어를 구사하고 있다.

② '누이'는 (   )에 올랐다가 바람에 날려 온 붉은 감잎 (   )을 보며 (   )이 온 것을 알고 기뻐한다. 어느덧 와 버린 가을의 모습에서 '누이'는 성큼 다가온 (   )과 겨울이 걱정스럽기만 하다. 추석상도 차려야 하고 월동 준비도 해야 하는 누이로서는 부담감을 느끼지 않을 수 없기 때문이다.

8.

/

정서와 분위기

들어가며

시의 정서란 무엇인가? 시를 읽는 사람의 마음에 일어나는 여러 가지 감정 또는 감정을 불러일으키는 기분이나 분위기를 뜻한다. 기쁨, 희망, 그리움, 슬픔, 절망, 고독 등이 이에 해당한다. 시의 정서나 분위기는 시간적·공간적 배경, 어조, 이미지 등을 통해 파악할 수 있다.

시의 분위기란 어떤 걸까? 그 자리나 장면에서 느껴지는 기분, 혹은 주위를 둘러싸고 있는 상황이나 환경, 문학 작품의 바탕에 깔려 있는 색조나 느낌을 말한다.

그렇다면 시의 정서와 분위기를 파악하는 방법에는 어떤 것들이 있을까?

첫째, 시적 화자가 처해 있는 상황을 생각하는 것이다. 다시 말해서, 시적 화자가 어떤 상황에 처해 있는지를 잘 파악해서 보면 시의 분위기를 알 수 있다.

둘째, 시적 화자의 말투를 통해 어떤 감정 상태인지 짐작해 본다. 즉 말하는 이의 어조, 말투를 통해 마음 상태를 파악해 보면 시의 정서를 알 수 있다.

셋째, 시에 사용된 소재나 시어, 심상 등을 통해 분위기를 파악할 수 있다.

엄마야 누나야

김소월

엄마야 누나야 강변 살자.
뜰에는 반짝이는 금모래빛
뒷문 밖에는 갈잎의 노래
엄마야 누나야 강변 살자.

김소월(1902~1934)

시인. 본명은 정식(廷湜). 3음보 율격을 바탕으로 이별의 슬픔과 임에 대한 그리움을 노래한 시를 많이 썼다. 주요 작품으로는 '진달래꽃', '산유화', '엄마야 누나야', '가는 길' 등이 있다.

감상 길잡이

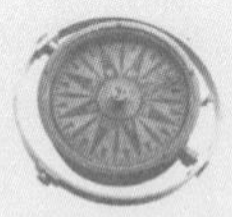

이 시 속에서 말하는 이(=화자)는 소년임을 알 수 있다. 소년에게 가장 정겹고 편안한 대상은 엄마와 누나이고, 소년은 '엄마', '누나'를 부르면서 강변, 자연에서 살고 싶은 간절한 소망을 말하고 있다.

소년이 노래 부르는 강변의 모습은 뜰에는 반짝이는 금모래 빛이 펼쳐져 있고, 평화로운 분위기 속에서 뒷문 밖에는 갈댓잎이 흔들리는 아름다운 소리가 들려오고 있다. 강변의 모습은 아름답고 평화로운 분위기가 느껴지는 곳이며, 말하는 이의 이상향이기도 하다. 그래서 소년은 평화롭게 살고 싶은 소망을 노래하고 있다.

이 시에서 말하는 이가 어른이나 엄마, 아빠였다면, 이 시는 감동을 주지 못할뿐더러 순수함이나 평화로운 분위기를 담은 정서, 내용을 효과적으로 전달하지 못할 것이다. 그러나 시인은 자신의 생각이나 느낌을 좀 더 효과적으로 전달하기 위해 소년이 말하고 있는 듯한 어조로 이야기하고 있다.

또한 이 시가 나온 1922년의 시대적 상황으로 보아, '엄마야 누나야'는 일본의 식민지가 된 현실적 고통에서 벗어나 평화롭고 아름다운 강변, 자연에서 사랑하는 사람들과 행복하게 살고 싶다는 희망을 강렬하게 표현한 시라고 할 수 있다. 이 시의 분위기는 평화로우며, 아름답고 따스한 정서가 담겨 있다.

봉선화

김상옥

비 오자 장독간에 봉선화 반만 벌어
해마다 피는 꽃을 나만 두고 볼 것인가.
세세한 사연을 적어 누님께로 보내자.

누님이 편지 보며 하마 울까 웃으실까.
눈앞에 삼삼이는 고향집을 그리시고
손톱에 꽃물 들이던 그날 생각하시리.

양지에 마주 앉아 실로 찬찬 매어 주던
하얀 손 가락 가락이 연붉은 그 손톱을
지금은 꿈속에 본 듯 힘줄만이 서노라.

감상 길잡이

누님에 대한 그리움을 노래한 현대 시조이다. 한여름 저녁을 먹고 평상 위에 둘러앉아 장독대 주위에서 따온 봉선화 꽃과 잎을 펼쳐 놓는다. 그런 뒤 비닐을 깔고 백반을 가져와 꽃과 잎을 섞어 조약돌로 콩콩 깨트려 으깬다. 으깬 봉선화와 백반을 손톱 위에 올려놓고, 꽃잎으로 단단히 싼 다음, 실로 총총 매어 준다. 아침에 아이들은 손톱이 붉게 물든 것을 보고 좋아했었다. 시적 화자는 어린 시절의 누님과의 정다운 추억을 그리워하고 있다.

김상옥(1920~2004)

시조 시인. 민족 고유의 정서를 담은 시조를 많이 썼다. 주요 작품으로는 '봉선화', '사향', '다보탑' 등이 있다.

내 마음은

김동명

내 마음은 호수요.
그대 저어 오오.
나는 그대의 흰 그림자를 안고, 옥같이
그대의 뱃전에 부서지리다.

내 마음은 촛불이오.
그대 저 문을 닫아 주오.
나는 그대의 비단 옷자락에 떨며, 고요히
최후의 한 방울도 남김 없이 타오리다.

내 마음은 나그네요.
그대 피리를 불어 주오.
나는 달 아래 귀를 귀울이며, 호젓이
나의 밤을 새이오리다.

내 마음은 낙엽이오.
잠깐 그대의 뜰에 머물게 하오.
이제 바람이 일면 나는 또 나그네같이, 외로이
그대를 떠나오리다.

김동명(1900~1968)

시인. 일제의 탄압을 피해 농촌에 묻혀, 전원적인 것을 소재로 향수, 비애, 고독을 참신하고, 투명한 서정으로 표현하였다. 주요 시집에는 "파초, "목격자" 등이 있다.

감상 길잡이

화자의 마음을 1연에서는 '호수', 2연에서는 '촛불', 3연에서는 '나그네', 4연에서는 '낙엽'에 비유하여 사랑의 애상적인 면을 노래하였다. 이 시는 처음에는 잔잔하고, 평화롭게 타오르다가 뜨겁게 불타오르고, 결국 외롭고 쓸쓸한 마음으로 떠나고 마는 낙엽과 같은 애달픈 사랑을 표현하고 있다. 임을 향한 사랑의 열정과 사무치는 그리움을 안고 떠나는 슬프고 쓸쓸한 느낌을 주는 시라고 할 수 있다.

어머니

김종상

들로 가신 엄마 생각
책을 펼치면
책장은 그대로
푸른 보리밭

이 맑은 이랑의
어디 만큼에
호미 들고 계실까
우리 엄마는

글자의 이랑을
눈길로 타면서
엄마가 김을 매듯
책을 읽으면

싱싱한 보리숲
글줄 사이로
땀 젖은 흙냄새
엄마 목소리

김종상(1937~)

시인. 처음에는 향토색이 짙으며 우리 고유의 서정을 그린 동시를 썼으나 지금은 몸으로 느끼는 현실의 비판으로 옮겨 가고 있다. 작품에는 '어머니', '선생님' 등의 동시가 있다.

감상 길잡이

어머니에 대한 화자의 그리움이 잘 나타나 있는 작품이다. 어머니는 밭에 일하러 가시고, 화자는 집에 혼자 남아 책을 읽는다. 화자의 몸은 집에 있지만 책장을 넘기는 순간 마음은 푸른 보리밭 속으로 빨려 들어가고 있다. 화자가 책을 읽는 것은 독서하기 위함이 아니라 책장 속에 펼쳐진 푸른 보리밭 어딘가에 계실 어머니를 찾기 위해서이다. 한 편의 시에 '푸른 보리밭'의 시각과 '흙냄새'의 후각, '엄마 목소리'의 청각 등 다양한 감각을 표현했다.

고여 있는, 그러나 흔들리는 -우포에서

나희덕

후두둑, 빗방울이 늪을 지나면
풀들이 화들짝 깨어나 새끼를 치기 시작한다.
녹처럼 번져 가는 풀,
진흙뻘을 기어가는 푸른 등 같기도 하다.
어미 몸을 먹고 자란 우렁이 새끼들도 기어간다.
물과 함께 흔들리고 있는 풀들 사이로
빈 우렁이 껍데기들 떠다닌다.

기어가는, 그러나 묶여 있는
고여 있는, 그러나 흔들리는

비가 아니었다면
늪은 수만 년을 어떻게 견뎠을까?
무엇으로 흔들림의 징표를 내보였을까?

나희덕(1966~)

시인. 인간과 자연의 조화로운 관계를 모색하는 시, 상처 입은 이들의 슬픔과 고통을 감싸 안는 시를 많이 썼다. 주요 시집에 "뿌리에게", "그 말이 잎을 물들였다", 산문집에 "반 통의 물" 등이 있다.

후두둑,
후두둑,
후두후둑…….
늪 위에 빗방울이 그려 넣는 무늬들.

오래 고여 있던 늪도
오늘은 몸이 들려 어디로 흘러갈 것만 같다.

감상 길잡이

시인의 시선은 바다도, 강도, 산도 아닌 바로 늪에 닿아 있다. 늪은 사람의 발길에 짓밟히지 않으며, 수만 년을 견뎌 내고 고요하게 살아 숨 쉬고 있는 생명체가 있는 곳이다. 생물의 보고(寶庫)로 조용히 꿈틀거리고 있는 늪의 생태 모습을 그림 그리듯이 표현하고 있다. 이 시는 조용함 속에서, 생명의 무게가 느껴지고 생명의 약동을 보여 주는 작품이다. 새끼를 치고, 새끼들이 기어가고, 빈 우렁이 껍데기들이 떠다니는 데서 생명의 약동을 볼 수 있다. 그리고 늪이 움직이고, 숨을 쉬는 때는 바로 비가 올 때이다.

박꽃

이희승

초가지붕 마루에
흰옷 입은 아가씨

부드럽고 수줍어
황혼 속에 웃나니.

달빛 아래 흐느끼는
배꽃보다도

가시 속에 해죽이는
장미보다도

산골짝에 숨어 피는
백합보다도

부드럽고 수줍어
소리 없이 웃나니.

이희승(1896~1989)

시인, 국어학자. 학문적 업적은 국어학 분야가 주이면서도 국문학 분야에도 걸쳐 있기도 하다. 시집으로 "박꽃", "심장의 파편" 등이 있으며, 수필집으로 "벙어리 냉가슴", "소경의 잠꼬대" 등이 있다.

초가집의 황혼을
자늑자늑 씹으며

하나둘씩 반짝이는
별만 보고 웃나니.

감상 길잡이

화자는 박꽃을 아가씨로 표현하고 있다. 지붕 위에 핀 박꽃이 가진 맑고 고요한 느낌, 순박하고 정적인 모습을 아름답게 형상화했다. 그리고 달빛 아래 흐느끼는 배꽃보다도, 가시 속에 해죽이는 장미보다도, 산골짝에 숨어 피는 백합보다도 더 부드럽고 수줍어 소리 없이 웃고 있다고 표현했다. 또 박꽃을 초가집의 황혼을 자늑자늑(=조용하며 부드럽고 가벼운 모양) 씹으며 하나둘씩 반짝이는 별만 보고 웃고 있다고 표현하고 있다.

시 속으로

엄마야 누나야

1. 이 시의 화자는 누구이며, 의인법이 사용된 시구는 어느 부분인가?

봉선화

2. 이 시에서 과거와 대비되는 서정적 자아와 현재 상태를 효과적으로 표현하는 시어를 찾아 써 보자.

내 마음은

3. 이 시를 읽고 빈칸을 채워 보자.

① 평화롭고 잔잔한 내 마음을 (　　)에 비유하고 있다.

② 한 방울도 남김없이 태우는 (　　)과 같이, 자기희생을 통한 헌신적인 사랑을 하겠다고 말하고 있다.

③ 방황하는 나를 위해 그대에게 피리를 불어 달라며 외로운 심정을 (　　　)에 비유하고 있다.

④ 나의 마음은 바람 불면 어디론가 떠나가는 (　　)과 같아서 그대의 뜰에 머물고 갈 수 있는 기회를 주면 잠시나마 그대의 사랑 속에서 머물러 있다가 정원을 떠나겠다고 말하고 있다.

어머니

4. '어머니'를 읽고, 어머니의 모습을 그리면서 빈칸을 채워 보자.

들로 가신 엄마 생각 / 책을 펼치면 / 책장은 그대로 / 푸른 (　　　)
이 맑은 이랑의 / 어디 만큼에 / (　　) 들고 계실까 / 우리 엄마는
글자의 이랑을 / (　　)로 타면서 / 엄마가 김을 매듯 / 책을 읽으면
싱싱한 보리숲 / 글줄 사이로 / 땀 젖은 흙냄새 / 엄마 (　　)

고여 있는, 그러나 흔들리는 -우포에서

5. 늪을 깨우는 시어를 찾아 써 보자.

박꽃

6. 시인이 표현한 다른 꽃과 비교되는 박꽃의 매력에 대해 써 보자.

9.

/

화자의 태도

들어가며

태도는 '어떤 사물이나 상황 따위를 대하는 자세'이다. 태도는 시의 대상과 그것을 보고 느끼는 시의 화자가 있어야 한다. 즉 그 시의 화자가 시적 대상이나 제시된 상황에 대해 보이는 심리적 자세 또는 대응 방식을 '태도'라고 한다.

어떤 대상을 어떻게 대하느냐에 따라 태도는 다음과 같은 종류가 있다.

① 비판적 태도 : 좋고 나쁨, 옳고 그름을 따지는 태도
② 반성적 태도 : 자기 자신을 돌아보고 뉘우치는 태도
③ 의지적 태도 : 결심한 바나 목적을 이루려는 적극적인 태도
④ 달관적 태도 : 세속을 벗어난 듯 사소한 일에 얽매이지 않는 태도
⑤ 예찬적 태도 : 자연을 찬양하는 태도
⑥ 관조적 태도 : 대상을 객관적으로 담담하게 바라보는 태도
⑦ 체념적 태도 : 희망을 갖지 못하고 단념하는 태도
⑧ 자연 친화적 태도 : 자연과 더불어 살아가려는 태도
⑨ 소극적 태도 : 마음을 숨기거나 즉각 대응하지 않고 참고 인내하는 태도
⑩ 적극적 태도 : 직접적이고도 강력한 행동력을 보이는 태도

제망매가(祭亡妹歌)

월명사

생사(生死) 길은
예 있으매 머뭇거리고,
나는 간다는 말도
못다 이르고 어찌 갑니까.
어느 가을 이른 바람에
이에 저에 떨어질 잎처럼,
한 가지에 나고
가는 곳 모르온저.
아아, 미타찰(彌陀刹)에서 만날 나
도(道) 닦아 기다리겠노라.

월명사(?~?)

승려, 향가 작가. 신라시대 경덕왕 때 학덕이 높은 이름난 중으로 알려져 있다. 그가 지은 향가 작품인 '제망매가(祭亡妹歌)'와 '도솔가(兜率歌)'가 "삼국유사"에 수록되어 있다.

감상 길잡이

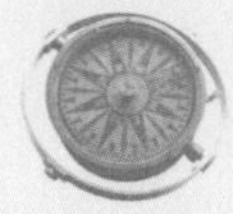

사랑하는 사람의 죽음은 동서고금을 막론하고 가슴 아픈 일이다. 하지만 그 슬픔의 정서를 받아들이는 태도는 개인마다 다 다르다. '제망매가'는 누이의 죽음이라는 슬픔에 좌절하거나 원망하지 않고 슬픔을 종교적으로 극복하려는 숭고한 태도를 보이고 있다.

이 노래는 신라 시대에 월명사라는 스님이 죽은 누이를 위해 재를 올리며 부른 노래이다. 10줄로 된 향가이기에 10구체 향가라고 한다. 3구에서 '나는 간다는 말도'의 '나'는 누이를 가리키는 말이다. '어느 가을 이른 바람에'는 누이가 젊은 나이에 일찍 죽었음을 암시하고 있다. 7구 '한 가지에 나고'는 한 부모에게서 태어났다는 뜻이다. 9, 10구 '아아, 미타찰(彌陀刹)에서 만날 나 / 도(道) 닦아 기다리겠노라.'는 이런 슬픔을 극복하고 극락세계(미타찰)에서 다시 만나기를 기다린다고 미래를 노래하고 있다.

이 노래와 유사하게 죽음의 슬픔을 다룬 작품들이 있다. 김광균의 '은수저'와 정지용의 '유리창 1'은 아이를 잃은 슬픔과 그리움을 그렸다. 김현승의 '눈물'은 아들을 잃은 슬픔을 종교적으로 승화시켰다. 이 '제망매가'와 매우 흡사하게 죽은 누이에 대한 그리움과 불교적 윤회 사상을 바탕으로 재회를 소망하는 송수권의 '산문에 기대어'도 있다. '더러는 잎새에 살아서 튀는 물방울같이 / 그렇게 만나는 것을'을 통해 내세를 기약하고 있다.

숲

정희성

숲에 가 보니 나무들은
제가끔 서 있더군.
제가끔 서 있어도 나무들은
숲이었어.
광화문 지하도를 지나며
숱한 사람들이 만나지만
왜 그들은 숲이 아닌가.
이 메마른 땅을 외롭게 지나치며
낯선 그대와 만날 때
그대와 나는 왜
숲이 아닌가.

감상 길잡이

'나무와 숲'과 '사람과 숲'이 대조를 이루어 공동체를 이루지 못하는 현대 사회를 비판하고 나 자신도 반성하고 있다. 1~4행은 각자 서 있어도 숲을 이루는 자연을 노래했다. 5~7행은 숲과 같이 공동체를 이루지 못하는 사람들을 비판하고 있다. 8~11행은 '메마른 땅, 외로움, 낯선'을 통해 각박한 현대를 살아가는 낯선 그대와 나를 반성하고 있다. 누군가와 대화를 나누듯 조근조근 이야기를 하고 있는 시로 조화로운 공동체적 삶에 대한 소망을 담고 있다.

정희성(1945~)

시인. 상처받고 소외된 사람들의 삶에 담긴 슬픔을 구체적으로 그린 시를 주로 썼다. 주요 작품으로는 "저문 강에 삽을 씻고", "한 그리움이 다른 그리움에게", "시를 찾아서" 등이 있다.

이른 봄

천상병

오늘은 입춘대길도 지난
2월 14일이다.
이른 봄이다.
생명의 근원인 봄을 맞이하여
나는 참으로 기쁘다.

생명은 겨울 동안 죽고 있다가
봄에 새 생명을 잉태하는 거다.

새로운 봄이여 생명의 봄이여
빨리 오라 빨리 와서
이 지상의 잔치를 베풀어 다오.

감상 길잡이

1연은 생명의 근원인 봄을 맞이하는 기쁨이, 2연에서는 봄이 왜 생명의 근원인지, 3연에서는 봄이 빨리 오기를 바라는 예찬의 태도를 보이고 있다. 입춘은 한 해가 시작되는 24절기 중에 첫 절기이다. 입춘은 대략 2월 4일경으로 이때부터 봄이 시작된다고 한다. 생명이 죽어 가는 듯 검은 겨울은 봄을 맞아 푸르른 새 생명을 잉태한다. '이 지상의 잔치를 베풀어 다오.'라는 표현 속에 봄이 가진 화사함, 봄을 기다리는 기대감이 잘 드러나 있다.

천상병(1930~1993)

소박하고 천진한 시 의식을 담음으로써 매우 개성적인 시 세계를 보여 준 시인이다. 주요 저서로는 "귀천", "아름다운 이 세상 소풍 끝나는 날", "나 하늘로 돌아가네" 등이 있다.

즐거운 편지

황동규

1

내 그대를 생각함은 항상 그대가 앉아 있는 배경에서 해가 지고 바람이 부는 일처럼 사소한 일일 것이나 언젠가 그대가 한없이 괴로움 속을 헤매일 때에 오랫동안 전해 오던 그 사소함으로 그대를 불러보리라.

2

진실로 진실로 내가 그대를 사랑하는 까닭은 내 나의 사랑을 한없이 잇닿은 그 기다림으로 바꾸어 버린 데 있었다. 밤이 들면서 골짜기엔 눈이 퍼붓기 시작했다. 내 사랑도 어디쯤에선 반드시 그칠 것을 믿는다. 다만 그때 내 기다림의 자세를 생각하는 것뿐이다. 그동안에 눈이 그치고 꽃이 피어나고 낙엽이 떨어지고 또 눈이 퍼붓고 할 것을 믿는다.

감상 길잡이

사랑하는 사람을 기다리는 것은 즐거운 일이다. 해가 지고 바람이 부는 일은 '사소한 일'이지만 일상 속에서 항상 일어나는 일이다. 그대를 생각하는 마음을 '사소한 일'로 표현하여 오히려 그 소중함을 효과적으로 드러내는 반어적 표현을 사용했다. 내가 진실로 그대를 사랑하는 이유는 나의 사랑을 기다림의 마음으로 바꾸어 주었기 때문이다. 이렇게 영원히 기다리노라면 언젠가는 사랑이 돌아올 것이라 믿고 있는 것이다.

황동규(1934~)

시인. 세련된 감수성과 지성을 바탕으로 한 견고한 서정의 세계를 노래하였다. 주요 작품으로는 '즐거운 편지', '조그만 사랑노래', '삼남에 내리는 눈' 등이 있다.

청포도

이육사

내 고장 칠월은
청포도가 익어 가는 시절.

이 마을 전설이 주저리주저리 열리고
먼 데 하늘이 꿈꾸며 알알이 들어와 박혀,

하늘 밑 푸른 바다가 가슴을 열고
흰 돛단배가 곱게 밀려서 오면,

내가 바라는 손님은 고달픈 몸으로
청포를 입고 찾아온다고 했으니,

내 그를 맞아, 이 포도를 따 먹으면
두 손은 함뿍 적셔도 좋으련.

아이야, 우리 식탁엔 은쟁반에
하이얀 모시 수건을 마련해두렴.

감상 길잡이

1, 2연에서 청포도가 익어 가는 고향을, 3, 4연에서 손님을 기다리는 마음을, 5연에서 손님을 맞아 기쁨에 흠뻑 빠지고 싶은 마음을 표현했다. 6연에서는 정성이 가득 담긴 순결한 기다림의 마음을 느낄 수 있을 것이다. 이 시는 청색(청포도, 하늘, 푸른 바다, 청포)과 백색(흰 돛단배, 은쟁반, 하이얀 모시 수건)의 선명한 색이 대비를 이루고 있는 것이 눈에 띈다. 이 시에서 손님은 '광복(해방, 독립)'을 의미한다고 볼 수도 있다.

이육사(1904~1944)

시인. 여러 독립 운동 단체에 가담하여 독립 투쟁을 벌였으며, 상징적이면서도 서정이 풍부한 목가풍의 시를 발표했다. 주요 작품으로는 '청포도', '절정', '광야', '꽃' 등이 있다.

팔원

백석

차디찬 아침인데
묘향산행 승합자동차는 텅 하니 비어서
나이 어린 계집아이 하나가 오른다.
옛말 속같이 *진진초록 새 저고리를 입고
손잔등이 밭고랑처럼 몹시도 터졌다.
계집아이는 자성으로 간다고 하는데
자성은 예서 삼백오십 리 묘향산 백오십 리
묘향산 어디메서 삼촌이 산다고 한다.
새하얗게 얼은 자동차 유리창 밖에
*내지인 주재소장 같은 어른과 어린아이 둘이 내임을 낸다.
계집아이는 운다 느끼며 운다.
텅 비인 차 안 한구석에서 어느 한 사람도 눈을 씻는다.
계집아이는 몇 해고 내지인 주재소장 집에서
밥을 짓고 걸레를 치고 *아이보개를 하면서
이렇게 추운 아침에도 손이 꽁꽁 얼어서
찬물에 걸레를 쳤을 것이다.

* 진진초록 매우 진한 초록색.
* 내지인 외국이나 식민지에서 본국의 사람을 이르는 말.
* 아이보개 애보개. 아이를 돌보는 일을 맡아 하는 사람.

백석(1912~1996)

시인. 본명은 기행(夔行)이다. 백석은 자신이 태어난 마을의 자연과 인간을 대상으로 많은 시를 썼다. 시집으로는 "백석 시 전집", "가즈랑집 할머니", "멧새 소리" 등이 있다.

감상 길잡이

'팔원'은 평안북도 영변군 팔원면을 말한다. 삼촌 집을 찾아간다는 소녀의 모습이 보인다. 소녀가 얼마나 힘든 삶을 살았는지 상상해 보자. '손잔등이 밭고랑처럼 터진' 불쌍한 소녀를 형상화하고 있는 시지만 이 소녀의 모습은 일제 강점기를 살고 있는 민족의 비애와 아픔을 총체적으로 보여 준다고 할 수 있다. 이 시의 주제는 식모살이를 했던 소녀의 고달픈 삶에 대한 연민, 일제 강점기 민족의 삶의 비애라고 할 수 있다.

시 속으로

제망매가

1. 화자의 마음의 흐름에 따라 내용을 둘로 나누어 설명해 보자.

숲

2. 이 시에서 드러나는 화자의 태도에 대해 써 보자.

이른 봄

3. '이 지상의 잔치'는 어떤 잔치인가?

즐거운 편지

4. 화자의 변함없는 의지를 엿볼 수 있는 시어를 찾아보자.

청포도

5. 이 시에 나오는 색의 대비에 대해 써 보자.

6. '청포도'를 지은 이육사의 삶을 생각한다면 이 시에서 그가 기다린 '손님'은 누구인가?

> 이육사(1904~1944)
>
> 일제 강점기를 살며 올곧은 삶의 자세를 지녔던 시인이다. 그는 일제 말기의 어두운 현실에도 맑고 깨끗한 언어로 꺼지지 않는 독립의 자세를 노래했다. 그러나 애석하게도 독립의 문턱에서 36편의 시를 남기고 그는 이국 땅 베이징에서 생을 마감하였다.

팔원

7. 이 시를 읽고 배경이 일제 강점기라는 것을 알 수 있는 시어를 찾아보자.

10.

/

형상화의 단계

들어가며

형상화는 '형체로는 분명히 나타나 있지 않은 것을 어떤 방법이나 매체를 통하여 구체적이고 명확한 형상으로 나타내는 것을 말한다. 특히 어떤 소재를 예술적으로 재창조하는 것을 이른다.'고 한다. 우리의 느낌이나 생각은 다른 사람에게 보이는 것이 아니다. 이런 보이지 않는 느낌이나 생각을 독자가 공감하도록 보이는 구체적인 대상으로 표현하는 것이 형상화이다.

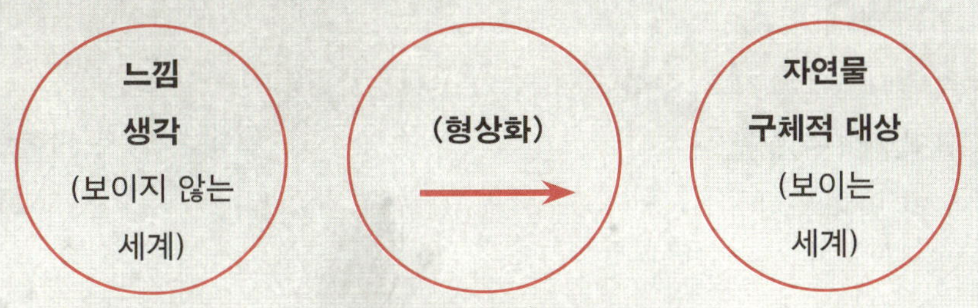

형상화와 유사한 말로 '생동감 있는 표현, 정서의 구체화, 정서의 심화, 관념의 구체화, 정서의 간접적 암시(내면화) 등이 있다. 같은 뜻인데 표현이 달라지면 처음 접하는 말인 줄 알고 당황할 수도 있다. 이제 시를 읽을 때 형상화에 주의해서 읽어 보자.

가정

박목월

지상에는
아홉 켤레의 신발.
아니 현관에는 아니 *들깐에는
아니 어느 시인의 가정에는
*알전등이 켜질 무렵을
*문수가 다른 아홉 켤레의 신발을.

내 신발은
십구 문 반
눈과 얼음의 길을 걸어
그들 옆에 벗으면
육 문 삼의 코가 납작한
귀염둥아 귀염둥아
우리 막내둥아.

* 들깐 '창고'의 경상도 방언.
* 알전등 알전구. 갓 따위의 가리개가 없는 전구. 전선 끝에 달려 있는 맨전구.
* 문수 신 따위의 치수. 1문은 약 2.4센티미터에 해당한다.

박목월(1916~1978)

시인. 향토적 서정성을 심화시킨 시인이다. 조지훈, 박두진과 함께 청록파 시인으로 활동했다. 시집으로 "산도화", "청담" 등이 있고, 수필집 "구름의 서정", "행복의 얼굴" 등이 있다.

미소하는
내 얼굴을 보아라.
얼음과 눈으로 벽을 짜 올린
여기는
지상.
연민한 삶의 길이여.
내 신발은 십구 문 반.

아랫목에 모인
아홉 마리의 강아지야.
강아지 같은 것들아.
굴욕과 굶주림과 추운 길을 걸어
내가 왔다.
아버지가 왔다.
아니 십구 문 반의 신발이 왔다.
아니 지상에는
아버지라는 어설픈 것이
존재한다.
미소하는
내 얼굴을 보아라.

감상 길잡이

이 시에서 시의 화자는 나(십구 문 반, 아버지)이다. 그러면 시의 대상은 무엇일까? '아홉 켤레의 신발(아홉 마리의 강아지)'이다. 이 시는 아버지의 책임감과 자식들을 사랑하는 마음을 형상화하였다.

이 시는 모두 4연으로 되어 있다. 1연은 나(어느 시인)의 가족이 아홉(아홉 켤레의 신발)이라고 소개하고 있다. 2연은 어려운 생활(눈과 얼음의 길)이지만 사랑스러운 아이들 품으로 돌아온 아버지의 모습이 보인다. 3연에서 아버지는 겉으로는 웃음을 보이지만 어려운 생활(얼음과 눈으로 벽을 짜 올린 / 여기는 / 지상) 속에서 힘겨움과 책임감(내 신발은 십구 문 반)을 느끼고 있음을 엿볼 수 있다. 4연에서는 고달픈 삶 속에서 아버지의 책임을 다하지 못하고 있지만 미소를 잃지 않는 아버지의 마음이 보인다.

나는 아버지에 대해서 어떤 생각을 가지고 있는지 이야기해 보자. 또 아버지를 소재로 한 문학 작품을 찾아 읽어 보자. 소설 조창인의 '가시고기'나 김정현의 '아버지'는 모두 힘겨운 자기 연민을 감추고 끝까지 아버지로서의 책임을 다하는 모습이 그려져 있다. 아직은 실감이 나지 않겠지만 언젠가는 싸이가 부른 '아버지'의 가사 끝부분을 따라하게 될 수도 있을 것이다.

> 아버지 이제야 깨달아요 / 어찌 그렇게 사셨나요 / 더 이상 쓸쓸해 하지 마요 / 이제 나와 같이 가요 / 당신을 따라갈래요.

산에 언덕에

신동엽

그리운 그의 얼굴 다시 찾을 수 없어도
화사한 그의 꽃
산에 언덕에 피어날지어이.

그리운 그의 노래 다시 들을 수 없어도
맑은 그 숨결
들에 숲 속에 살아갈지어이.

쓸쓸한 마음으로 들길 더듬는 행인아.

눈길 비었거든 바람 담을지네.
바람 비었거든 인정 담을지네.

그리운 그의 모습 다시 찾을 수 없어도
울고 간 그의 영혼
들에 언덕에 피어날지어이.

감상 길잡이

처음에 언급한 '그리운 그'가 5연의 '울고 간 그의 영혼'이라는 시구를 통해, 슬프게 죽어 간 사람이라는 것을 짐작할 수 있다. 다시 찾을 수 없는 그리운 얼굴, 다시 들을 수 없는 그의 노래가 살아나기를 소망하는 마음을 느낄 수 있다. 이 시에서 '행인'은 화자를 대신하고 있기에 '객관적 대리인'이라고 한다. 이 시는 1960년에 있었던 4.19 혁명의 영령을 추모하고 그들이 남긴 뜻이 이루어지기를 간절히 바라는 소망을 담은 시라고 한다.

신동엽(1930~1969)

시인. 1960년대 참여 시인을 대표하면서 시대에 대한 비판 의식을 바탕으로 민중의 강렬한 저항 의식을 시로 표현하였다. 주요 작품으로는 장시 '아사녀', 서사시 '금강', 그리고 '껍데기는 가라', '봄은' 등이 있다.

똥구멍 새까만 놈

심호택

대엿 살 철부지 때
할아버지께 붓글씨 배웠지요
종이 귀할 때라 *마분지에다
한일자 열십자 수월찮이 그렸지요
종이에 흰 구석 남긴 날
그분께서 꾸짖으시기를
듣거라
최 생원네 손자 공부하는 법이니라
연필로 먼저 쓰고 그 위에
철필로 다시 쓰고 그 위에
또다시 붓으로 빽빽이 써서
그 종이에 허연 데 도무지 아니 보이구서야
뒷간으로 보내느니라
눈물 그렁그렁
꿇어앉아 그 말씀 들으면서
나는 속으로 부아통이 터졌지요 그래
*징게 맹경 어딘가 최 생원네 손자란 놈
제아무리 잘났어도
똥구멍 새까만 놈일 거라 생각했지요

* 마분지 종이의 하나. 주로 짚을 원료로 하여 만드는데, 빛이 누렇고 질이 낮다.
* 징게 맹경 '김제 만경'의 사투리. 우리나라에서 지평선을 볼 수 있는 유일한 곳이라 할 만큼 드넓은 평원을 이루고 있으며 주로 쌀농사를 짓는다.

심호택(1947~2010)

시인. 어린 날의 순정한 기억들을 되살려 내면서 어디에나 있는 보편적인 사람살이의 깊은 의미가 담긴 시를 썼다. 시집으로는 "하늘밥도둑", "최대의 풍경", "미주리의 봄" 등이 있다.

감상 길잡이

공책과 화장지를 마음껏 쓰는 요즘 아이들은 이 시를 읽고 어떤 느낌을 받을까? 종이에 흰 구석을 남겼다고 할아버지께 야단맞은 손자는 눈물이 그렁그렁하다. 종이를 아껴 썼다는 최 생원네 손자 때문에 혼이 났다고 생각하니 부아통이 터져 "최 생원네 손자란 놈 제아무리 잘났어도 똥구멍 새까만 놈일 거야."라고 말한다. 1~6행까지는 할아버지께 야단을 맞았다는 이야기, 7~13행까지는 할아버지가 말하는 최 생원네 손자의 공부법, 14행부터는 할아버지께 야단을 맞은 불편한 마음을 표현했다.

별처럼 꽃처럼

오세영

교실은 온통 별밭이다.
초롱초롱 반짝이는 너희들의 눈
별 하나의 꿈
별 하나의 희망
별 하나의 이상

교실은 흐드러진 장미밭이다.
까르르 웃는 너희들의 웃음
장미 한 송이의 사랑
장미 한 송이의 열정
장미 한 송이의 순결

교실은 향긋한 사과밭이다.
수줍게 피어나는 너희들의 볼
사과 한 알의 보람
사과 한 알의 결실
사과 한 알의 믿음

오세영(1942~)

시인. 교육자. 인간 존재의 실존적 고뇌를 서정적, 철학적으로 노래하였다. 시집으로는 "반란하는 빛", "모순의 흙", "꽃들은 별을 우러르며 산다" 등이 있다.

교실은 찬란한 보석밭이다.
너희들의 빛나는 이마
이름을 부르면 하나씩 깨어나는
사파이어
에메랄드
다이아몬드

아, 너희들은 영원히 빛나는
별밭이다.
꽃밭이다.

감상 길잡이

초롱초롱한 눈망울로 꿈이 넘쳐나는 교실의 모습을 그렸다. 1연에서는 아이들의 꿈이 넘치는 것을 별밭이라 했고, 2연에서는 아이들의 사랑, 열정, 순결이 넘치기에 흐드러진 장미밭이라고 형상화했다. 3연에서는 아이들의 보람이 넘치기에 향긋한 사과밭이라고 했고, 4연에서는 아이들을 빛나는 보석밭이라 노래했다. 너무 많은 것을 원하는 어른들 때문에 아이들이 순수함을 잃을까 걱정이다. 아이들 마음만은 영원히 별밭이고 꽃밭이기를 바란다.

처음처럼

안도현

이사를 가려고 아버지가
벽에 걸린 액자를 떼어 냈다.
바로 그 자리에
빛이 바래지 않은 벽지가
새것 그대로
남아 있다.
이 집에 이사 와서
벽지를 처음 바를 때
그 마음
그 첫 마음,
떠나더라도 잊지 말라고
액자 크기만큼 하얗게
남아 있다.

감상 길잡이

오래된 집일수록 액자를 뗀 자리가 선명하다. 액자를 떼어 낸 자리는 처음과 다름없이 깨끗하고 주변과 색이 다를 것이다. 시인은 액자 뗀 자리를 통해 '첫 마음'에 대해 이야기하고 있다. 첫 마음을 초심이라고 한다. 초심을 되돌아보는 것은 중요한 일이다. 초심을 자주 상기시키는 것은 더 중요하다. 작은 촛불이 어두운 공간을 넓게 비추는 것과 같이 시작했을 때의 마음을 잃지 않고 꾸준히 노력한다면 꿈을 이루는 행복한 날이 올 것이다.

안도현(1961~)

시인. 전통적 서정시에 뿌리를 두고 있으면서도 개인적 체험을 주로 노래하면서 민족과 사회의 현실을 섬세한 감수성으로 그려 내는 시인이다. 주요 저서로는 "서울로 가는 전봉준", "그리운 여우", "바닷가 우체국" 등이 있다.

흔들리며 피는 꽃

도종환

흔들리지 않고 피는 꽃이 어디 있으랴.
이 세상 그 어떤 아름다운 꽃들도
다 흔들리며 피었나니
흔들리면서 줄기를 곧게 세웠나니
흔들리지 않고 가는 사랑이 어디 있으랴.

젖지 않고 피는 꽃이 어디 있으랴.
이 세상 그 어떤 빛나는 꽃들도
다 젖으며 젖으며 피었나니
바람과 비에 젖으며 꽃잎 따뜻하게 피웠나니
젖지 않고 가는 삶이 어디 있으랴.

감상 길잡이

'흔들리며 피는 꽃'이 무엇을 의미하는지, '젖으며 피는 꽃'이 무엇을 의미하는지 짝이 되는 단어를 찾아보자. 당연히 '사랑'이고, '삶'이다. 고난과 역경을 이겨 낸 사랑과 삶은 곧고 따뜻하다. 그러니 어려움이 닥치면 사랑과 삶이 탄탄해질 것이라고 긍정적으로 생각해 보자. '흔들리다'와 '젖다'를 유사한 단어로 바꾸어 보거나 '사랑'이나 '삶'을 청춘이나 꿈과 같은 단어로 바꾸어 감상해 보면 새로운 맛을 느낄 수 있을 것이다.

도종환(1954~)

시인. 진솔한 삶에 대한 아름다움과 절실한 감동을 주는 시를 많이 썼다. 주요 저서로는 시집 "고두미 마을에서", "접시꽃 당신", "슬픔의 뿌리", 산문집 "사람은 누구나 꽃이다" 등이 있다.

시 속으로

가정

1. '알전등이 켜질 무렵'은 언제인가?

2. '막내의 신발 육 문 삼', '아버지의 신발 십구 문 반'이라는 구체적인 숫자를 쓴 이유는 무엇인가?

산에 언덕에

3. '영혼'을 표현한 또 다른 시어를 두 개 찾아보자.

똥구멍 새까만 놈

4. 이 시는 무엇을 형상화하였나?

별처럼 꽃처럼

5. 이 시를 읽은 후, 여러분의 꿈을 적고 그 꿈을 색으로 표현해 보자.

처음처럼

6. 이 시의 액자처럼 중학교에 입학한 첫 마음을 담을 수 있는 소재를 찾아 짧은 시를 써 보자.

흔들리며 피는 꽃

7. 시상이 전개될 때 중심이 되는 소재를 적어 아래 표를 완성해 보자.

3부

시의 의도와 맥락

11. 형식의 미학
12. 내용의 요소
13. 창작의 의도
14. 사회·문화적 맥락
15. 주체적 수용

11.

/

형식의 미학

들어가며

'시'를 왜 '시'라고 할 수 있을까? 그 이유는 시가 가지고 있는 형식에 있다. 시는 주제를 중심에 두고 운율과 상상력이 잘 드러나도록 일정한 틀로 녹여낸 것이다.

글을 구성하는 기본 단위가 '단어〉구〉절〉문장〉문단〉전체 글'인 것처럼 시도 '시어'〉'행'〉'연'이라는 형식으로 이루어져 있다. 각각의 형식 요소들은 나름의 의미와 역할을 가지고 시인의 생각을 시로 만든다.

'시어'는 우리가 일상에서 사용하는 언어와 다르게 많은 의미를 압축적으로 포함하고 있는 '함축성'을 가지고 있다. 그리고 그 소리에 따라 운율을 형성하는 데 도움을 주거나, 의미나 이미지에 따라 전체적인 분위기와 정서를 형성하기도 한다. 행과 연은, 시를 산문과 가장 잘 구별해 주는 요소이다. 시를 집이라고 했을 때 연은 침실, 서재 등 집을 이루는 방이라고 할 수 있고, 행은 그 방들의 구조를 이루는 창문이나 문이라고 할 수 있다. 행은 시에서 한 줄을 가리키는 단위이다. 연은 하나 이상의 행이 모여 이루어지는 단위로 시에서 가장 큰 형식적 단위이다. 행이 모여서 연이 되어야 한다는 규칙은 없고 시행 하나가 연이 될 수도 있다.

아지랑이

이영도

어루만지듯
당신
숨결
이마에 *다사하면

내 사랑은 아지랑이
춘삼월 아지랑이

*장다리
노오란 텃밭에 나비

나비
　　　나비
나비
　　　나비

* 다사하다　조금 따뜻하다.
* 장다리　무, 배추 따위의 꽃줄기.

이영도(1916~1976)

시조 시인. 시조의 전통적 형식을 현대적으로 바꾼 작품을 많이 지었다. 시조집에 "청저집", "석류" 등이 있다.

감상 길잡이

봄날에 들판을 걷다 아지랑이를 본 적 있는가? 아지랑이는 봄날의 따사로운 햇볕을 쬐어 달궈진 공기가 지상의 찬 공기와 섞이면서 공중에서 아른아른 움직이듯 비치는 현상이다. 아지랑이를 바라보고 있노라면 봄날의 포근한 바람을 덮고 잠들고 싶은 노곤함과 행복감이 느껴지곤 한다. 시인은 '아지랑이'에서 행복감과 어지러움이 가득한 봄날의 풍경을 속삭여 주고 있다.

봄날의 아지랑이는 어지럽고, 따뜻하고, 행복함과 황홀함을 선사한다. 노오란 꽃 사이로 날아다니는 나비의 모습에서는 천진하고 순수한 모습이 떠오른다. 화자는 '따스한 당신의 숨결이 나의 이마에 닿으면' 나의 사랑은 마치 '봄날 아지랑이'와 '나비'처럼 아른아른 타오르고 춤추듯 날아간다고 말한다.

시인은 이러한 화자의 마음을 시어뿐 아니라 시의 형식적 구조에도 살짝 숨겨 놓았다. 소리 내서 읽어 보면 이 시가 시조라는 것을 쉽게 알 수 있다. 3장 6구 45자 내외의 시조의 일반적인 형태를 그대로 살리고 행과 연의 위치를 자유롭게 변화시켜 화자의 마음을 참신하게 드러내고 있다. 특히 4연은 나비가 나는 형태로 행을 바꾸고 시어의 위치를 엇갈리게 배치했다. 노오란 꽃 사이로 팔랑팔랑 날아다니는 나비의 모습을 시각적으로 보여 주는 형식을 통해서 아이처럼 기쁘고 행복해하는 화자의 마음을 드러내고 있는 것이다.

이처럼 시인은 말하고자 하는 감정이나 생각을 운율과 심상이 잘 드러나도록 시어와 행, 연이라는 틀을 자유롭게 구성하여 시로 노래한다.

첫사랑

고재종

흔들리는 나뭇가지에 꽃 한번 피우려고
눈은 얼마나 많은 도전을 멈추지 않았으랴

싸그락 싸그락 두드려 보았겠지
난분분 난분분 춤추었겠지
미끄러지고 미끄러지길 수백 번,

바람 한 자락 불면 휙 날아갈 사랑을 위하여
햇솜 같은 마음을 다 퍼부어 준 다음에야
마침내 피워 낸 저 황홀 보아라

봄이면 가지는 그 한번 덴 자리에
세상에서 가장 아름다운 상처를 터뜨린다

감상 길잡이

첫사랑이 주는 아쉬움과 고통, 그리고 그 사랑을 통해 얻는 성숙한 마음과 추억을 그리고 있는 시다. '눈'과 '나무', '꽃'이라는 시어의 관계를 통해 주제를 드러내고 있다. 고된 눈의 도전이 다 지나간 후, 봄이 찾아왔을 때 나무는 '세상에서 가장 아름다운 상처'를 터뜨린다. 아름다운 상처는 시련을 이겨 내고 피어난 한 송이 꽃일 것이다. 시인은 모든 사랑과 성숙은 첫사랑과 같은 시련과 도전을 통해 이루어진다는 것을 말하고자 하는 듯하다.

고재종(1957~)

시인. 시집으로는 "그때 휘파람새가 울었다", "날랜 사랑", "앞강도 야위는 이 그리움" 등이 있으며, 산문집으로 "쌀밥의 힘" 등이 있다.

별

이병기

바람이 서늘도 하여 뜰 앞에 나섰더니
서산머리에 하늘은 구름을 벗어나고
산뜻한 초사흘 달이 별과 함께 나오더라

달은 넘어가고 별만 서로 반짝인다
저 별은 뉘 별이며 내 별 또한 어느 게오
잠자코 호올로 서서 별을 헤어 보노라

감상 길잡이

현대 시조이다. 수많은 별들이 반짝이는 하늘을 바라보며 화자는 홀로 서서 자신의 별을 찾고 있다. 초저녁에 잠시 바람을 쐬러 나온 화자를 밤까지 붙들어 놓은 것은 무엇일까? 밤하늘에 서로 반짝이는 별일까. 아니면 아무도 없이 '호올로'서서 누군가를 닮은 별과 자신을 닮은 별을 헤아리는 화자의 외로움일까. 아마 둘 다일 것이다. '호올로' 있는 외로운 화자는 서로 반짝이는 별들이 부럽기도 하고 그 별들을 바라보며 누군가를 떠올릴 수 있을 테니까 말이다.

이병기(1891~1968)

시조 시인. 국문학자. 시조의 이론을 잘 가다듬는 한편 오늘날에도 시조를 널리 노래하게 하는 데 많은 노력을 기울였다. 주요 작품으로는 '별', '난초' 등이 있다.

서시

윤동주

죽는 날까지 하늘을 우러러
한 점 부끄럼이 없기를,
잎새에 이는 바람에도
나는 괴로워했다.
별을 노래하는 마음으로
모든 죽어 가는 것을 사랑해야지
그리고 나한테 주어진 길을
걸어가야겠다.

오늘 밤에도 별이 바람에 스치운다.

감상 길잡이

식민지가 되어 버린 조국에서 지식인 청년으로서 어떤 삶을 살아가야 하는지 고민하고 아파했던 시인의 삶의 자세가 잘 드러난 작품이다. 서시는 내용 면에서 세 부분으로 나눌 수 있다. 첫 번째는 '하늘과 부끄럼', 두 번째는 '바람과 괴로움', 세 번째는 '별과 사랑'이다. 마지막에는 '그리고 나한테 주어진 길을 걸어가야겠다'고 의지를 다지고 있다. 암담한 현실을 피하지 않고 운명에 맞서겠다는 시적 화자의 강인한 모습이 엿보인다.

윤동주(1917~1945)

시인. 일제 강점기에 옥사한 시인으로 식민지 지식인의 고뇌를 다룬 시를 많이 썼다. 시집 "하늘과 바람과 별과 시"를 남겼다.

너를 기다리는 동안

황지우

네가 오기로 한 그 자리에
내가 미리 가 너를 기다리는 동안
다가오는 모든 발자국은
내 가슴에 쿵쿵거린다
바스락거리는 나뭇잎 하나도 다 내게 온다
기다려 본 적이 있는 사람은 안다
세상에서 기다리는 일처럼 가슴 애리는 일 있을까
네가 오기로 한 그 자리, 내가 미리 와 있는 이곳에서
문을 열고 들어오는 모든 사람이
너였다가
너였다가, 너일 것이었다가
다시 문이 닫힌다
사랑하는 이여
오지 않는 너를 기다리며
마침내 나는 너에게 간다
아주 먼 데서 나는 너에게 가고
아주 오랜 세월을 다하여 너는 지금 오고 있다
아주 먼 데서 지금도 천천히 오고 있는 너를
너를 기다리는 동안 나도 가고 있다
남들이 열고 들어오는 문을 통해
내 가슴에 쿵쿵거리는 모든 발자국 따라
너를 기다리는 동안 나는 너에게 가고 있다.

황지우(1952~)

시인. 시대를 풍자하고 이상향을 꿈꾸는 그의 시에는 정치성, 종교성, 일상성이 고루 배어들어 있다. 시집으로는 "새들도 세상을 뜨는구나", "게눈 속의 연꽃" 등이 있다.

감상 길잡이

이 시는 하나의 연으로 이루어진 단연시이다. 시적 상황은 너를 만나기로 한 자리에 화자가 먼저 가서 기다리고 있는 상황이다. 초반에는 기다림에 대한 기대감과 설렘이 나타나 있고, 중반에는 오지 않는 너에 대한 초조함, 실망감이 드러나며, 후반부에는 만남에 대한 의지, '나는 너에게 간다'는 적극적 자세로 변화했음을 보여 주고 있다. 누군가를 간절하게 기다려 봤던 사람이라면 누구나 공감할 수 있는 시적 내용을 담고 있다. 이제나 저제나 기다리는 마음으로 작은 발자국 소리에도 고개 돌리는 마음을 한 편의 시로 담아 냈다.

나

김광규

살펴보면 나는
나의 아버지의 아들이고
나의 아들의 아버지고
나의 형의 동생이고
나의 동생의 형이고
나의 아내의 남편이고
나의 누이의 오빠고
나의 아저씨의 조카고
나의 조카의 아저씨고
나의 선생의 제자고
나의 제자의 선생이고
나의 나라의 납세자고
나의 마을의 예비군이고
나의 친구의 친구고
나의 적의 적이고
나의 의사의 환자고
나의 단골 술집의 손님이고
나의 개의 주인이고
나의 집의 가장이다

김광규(1941~)

시인. 현대를 살아가는 소시민들의 이기주의와 속물근성에 대한 비판적 성찰을 다룬 작품들이 많다. 주요 작품으로는 '희미한 옛사랑의 그림자', '반달곰에게', '크낙산의 마음' 등이 있다.

그렇다면 나는
아들이고
아버지고
동생이고
형이고
남편이고
오빠고
조카고
아저씨고
제자고
선생이고
납세자고
예비군이고
친구고
적이고
환자고
손님이고
주인이고
가장이지
오직 하나뿐인
나는 아니다

과연
아무도 모르고 있는
나는
무엇인가
그리고 지금 여기 있는
나는
누구인가

감상 길잡이

1연과 2연이 유사한 구조를 이루며 이야기를 전개하고 있다. 1연에서 화자인 나는 나 자체로서 존재하는 것이 아니라 남과 관련된 '역할'을 맡은 존재라는 것을 말하고 있다. 2연에서 화자는 다시 한 번 자신의 존재를 확인한다. 하나뿐인 나, 즉 본연의 내가 아니라 다른 사람과의 관계 속에서 드러난 '역할'을 맡은 존재일 뿐이라는 것이다. 3연에서 나는 자신의 존재에 대한 의문을 드러내고 있다. 지금 여기에 있는 나는 누구일까? 진정한 '나'는 누구일까?

시 속으로

아지랑이

1. 아래 두 시어의 특징과 느낌을 생각해 보고 공통점을 찾아보자.

시어	시어의 특징	시어의 느낌	시어들의 공통점
아지랑이			
나비			

2. '나비, 나비, 나비, 나비'라고 하지 않고 '나비
                나비
        나비
                나비'라고 한 이유는 무엇일까?

첫사랑

3. '봄이면 가지는 그 한번 덴 자리에 / 세상에서 가장 아름다운 상처를 터뜨린다'에서 '상처'는 무엇을 의미하는가? 그리고 이 시의 주제는 무엇인가?

별

4. 2연에서 화자의 처지를 알려 주는 시구를 찾고, 화자가 밤에 별을 바라보는 이유가 무엇일지 말해 보자.

서시

5. 2연에 등장하는 '바람'과 대조적인 시어를 찾아보자. 그 시어가 의미하는 것은 무엇일지 말해 보자.

너를 기다리는 동안

6. 발자국과 나뭇잎의 바스락거림에 화자는 어떻게 반응하는가, 이때 화자의 감정이 어떨지 말해 보자.

나

7. '나'를 읽고 시의 화자처럼 나 자신에 대해 생각해 보자.

나의 역할	나의 역할에 대해 다른 사람들이 바라는 것	내가 좋아하고 하고 싶은 것

12.

/

내용의 요소

들어가며

시의 내용을 이루는 데 필요한 요소는 무엇일까? 일단 '주제'이다. 주제는 내용과 형식을 떠나 시에서 가장 중요한 것이다. 앞 장에서 밝혔듯이 시를 하나의 건축물이라고 볼 때 주제는 건축물을 만든 목적이다. 어떤 사람들이 어떤 목적으로 사용할지에 따라 건축의 형태(형식)가 결정된다.

시의 내용을 구성하고 있는 요소들은 각 방과 거실을 꾸미고 있는 가구와 벽지, 조명이라고 할 수 있다. 건축물 안에 직접 삶을 꾸려 갈 사람들의 필요에 따라 구석구석을 채우고 꾸밀 것들이다. 시에서도 주제에 맞는 내용 요소를 선택하고 사용해야 주제를 잘 드러낼 수 있다.

그럼 주제를 살리기 위해 필요한 나머지 요소들은 무엇일까? 우선 '소재'이다. 소재는 시의 내용을 이루는 데 사용된 글감을 말한다. 이것들은 주제를 드러내기 위해 적절히 선택되고 사용된다. 의미적으로는 함축적인 의미를 담고 다양한 비유나 상징, 운율적 요소를 포함하기도 하는 모든 사물과 개념을 소재라고 한다. 다음은 '제재'로 소재 중에서 주제와 가장 밀접한 관련이 있는 글감으로 중심 소재라고 할 수 있다. 마지막으로 '심상'(이미지)을 들 수 있다.

슬픔이 기쁨에게

정호승

나는 이제 너에게도 슬픔을 주겠다.
사랑보다 소중한 슬픔을 주겠다.
겨울밤 거리에서 귤 몇 개 놓고
살아온 추위와 떨고 있는 할머니에게
귤값을 깎으면서 기뻐하던 너를 위하여
나는 슬픔의 평등한 얼굴을 보여 주겠다.
내가 어둠 속에서 너를 부를 때
단 한 번도 평등하게 웃어 주질 않은
가마니에 덮인 동사자가 다시 얼어 죽을 때
가마니 한 장조차 덮어 주지 않은
무관심한 너의 사랑을 위해
흘릴 줄 모르는 너의 눈물을 위해
나는 이제 너에게도 기다림을 주겠다.
이 세상에 내리던 함박눈을 멈추겠다.
보리밭에 내리던 봄눈들을 데리고
추워 떠는 사람들의 슬픔에게 다녀와서
눈 그친 눈길을 너와 함께 걷겠다.
슬픔의 힘에 대한 이야기를 하며
기다림의 슬픔까지 걸어가겠다.

정호승(1950~)

시인. 1970~80년대 한국 사회의 그늘진 면을 따뜻한 시각으로 들여다보았고, 소외된 사람들에 대한 애정을 시어로 그려 냈다. 주요 저서로는 "슬픔이 기쁨에게", "사랑하다가 죽어 버려라", "외로우니까 사람이다" 등이 있다.

감상 길잡이

이 시는 제목처럼 '슬픔'이 '기쁨'에게 말을 건네는 형식으로 진행되고 있다. 화자인 '나'는 '너'에게 슬픔과 기쁨에 대해 말하며 슬픔을 주겠다고 한다. 내용적으로 보면 화자가 '슬픔'과 관련이 있는 존재이고 '너'는 '기쁨'과 관련된 존재이다.

'너'는 추위에 떠는 할머니에게 귤값을 깎으며 기쁨을 느끼고, 어둠 속에서 화자가 부르는 것을 무시하고 평등하게 웃어 주지도 않았으며, 동사자에게 가마니 한 장조차 덮어 주지 않는 존재이다. 추위에 떠는 할머니에게 귤값은 적은 돈은 아닐 것이다. 또한 동사자에게 덮어 주는 한 장의 가마니는 자그마한 연민의 표시일 수 있지만 '너'는, 즉 '기쁨'은 그것을 거들떠보지도 않는다.

'슬픔'은 무관심한 너의 사랑을 위해, 흘릴 줄 모르는 기쁨의 눈물을 위해 '기다림'을 주겠다고 한다. 사람들을 추위에 떨게 하는 '함박눈'을 멈추고 보리밭에 피어오르는 '봄눈'과 같은 희망과 따스함을 데리고 그들에게 가겠다고 말한다. 그리고 기쁨과 함께 눈 그친 길을 함께 걷겠다고 말한다. 즉, 소외받고 불행한 사람들에게 무관심한 '너'(기쁨)에게 그들과 함께할 수 있는 기회를 주겠다는 말이다. 또한 '기쁨'과 함께 그들에게 가겠다는 것은 소외받은 사람들이 기쁨을 느낄 때까지 슬픔의 시간을 함께하며 기다리겠다는 말로 해석할 수 있다. 이처럼 작가는 슬픔이 기쁨에게 말하는 형식 속에서 다양한 소재들로 이기적인 '기쁨'의 모습들을 비판하고 있다. 더불어 소외받은 사람들을 바라보며 우리가 가져야 할 '슬픔'의 모습을 제시하는 주제를 효과적으로 드러내고 있다.

비가 오면

이상희

비가 오면
온몸을 흔드는 나무가 있고
아, 아, 소리치는 나무가 있고

이파리마다 빗방울을 퉁기는 나무가 있고
다른 나무가 퉁긴 빗방울에
비로소 젖는 나무가 있고

비가 오면
매처럼 맞는 나무가 있고
죄를 씻는 나무가 있고

그저 우산으로 가리고 마는
사람이 있고

감상 길잡이

시인은 비가 올 때 나무와 사람의 반응을 대조해서 보여 준다. 비는 나무에게 피할 수 없는 운명일 것이다. 그 운명은 경우에 따라 시원한 생명수일 수도 있고 시련일 수도 있다. '나무'는 어찌 되었든 나름의 반응을 보이며 그 운명을 받아들인다. 그런데 '사람'은 비를 가리고 말아 버린다. 나무는 자연의 섭리를 맨몸으로 받아내며 인정하는데 사람은 그것을 피하고 가리는 것이다. 마지막 화자의 말에서 '사람'에 대한 아쉬움과 비판을 느낄 수 있다.

이상희(1960~)

시인, 동화 작가. 시를 쓰면서 그림책 글을 쓰고 외국 그림책 글을 우리말로 옮기는 일을 하고 있다. 시집으로는 "잘 가라 내 청춘", "벼락무늬"가 있다.

행복

유치환

사랑하는 것은
사랑을 받느니보다 행복하나니라.
오늘도 나는
에메랄드빛 하늘이 환히 내다뵈는
우체국 창문 앞에 와서 너에게 편지를 쓴다.

행길을 향한 문으로 숱한 사람들이
제각기 한 가지씩 생각에 족한 얼굴로 와선
총총히 우표를 사고 전보지를 받고
먼 고향으로 또는 그리운 사람께로
슬프고 즐겁고 다정한 사연들을 보내나니.

세상의 고달픈 바람결에 시달리고 나부끼어
더욱더 의지 삼고 피어 흥클어진 인정의 꽃밭에서
너와 나의 애틋한 연분도
한 망울 연연한 진홍빛 양귀비꽃인지 모른다.

유치환(1908~1967)

시인. 호는 청마(青馬). 어려움을 뚫고 이상 실현을 향해 나아가겠다는 굳은 의지를 노래한 시를 많이 썼다. 시집에 "청마시초", "생명의 서", "울릉도", "뜨거운 노래는 땅에 묻는다" 등이 있다.

사랑하는 것은
사랑을 받느니보다 행복하나니라.
오늘도 나는 너에게 편지를 쓰나니
— 그리운 이여 그러면 안녕!

설령 이것이 이 세상 마지막 인사가 될지라도
사랑하였으므로 나는 진정 행복하였네라.

감상 길잡이

이 시는 '진정한 행복의 가치는 사랑을 받는 것보다 주는 데에서 찾을 수 있다는' 평범한 진리를 부드럽고 정감 넘치는 소재들과 어조로 표현하고 있다. 화자는 그리운 '너'에게 편지를 쓴다. 우체국에 와서 편지를 부치는 사람들도 사랑을 받는 것보다는 사랑을 보내고 있는 것이다. 화자는 마지막 연에서 다시금 '사랑하는 것은 사랑을 받느니보다 행복하나니라.'라는 시구를 반복함으로써 사랑하는 것의 소중함과 행복의 가치를 다시 한 번 강조하고 있다.

절정

이육사

매운 계절의 채찍에 갈겨
마침내 *북방으로 휩쓸려 오다.

하늘도 그만 지쳐 끝난 *고원
서릿발 칼날 진 그 위에 서다.

어데다 무릎을 꿇어야 하나
한 발 *재겨 디딜 곳조차 없다.

이러매 눈 감아 생각해 볼밖에
겨울은 강철로 된 무지갠가 보다.

* 북방 북쪽.
* 고원 보통 해발 고도 600미터 이상에 있는 넓은 벌판.
* 재기다 발끝으로 다니다.

감상 길잡이

화자는 매운 계절의 채찍에 갈겨 북방으로 휩쓸려 오게 된다. 화자는 좌절하지 않고 겨울을 '강철'로 된 '무지개'라고 말한다. 겨울과 같은 암담한 상황은 '강철'과 같이 자신의 힘으로 어찌할 수 없는 차가운 시기이며 공간이다. 하지만 시련의 시간과 공간 속에서 화자는 자신을 이겨 내며 고통을 초월하는 새로운 모습으로 바꾸고자 한다. 즉, 강철로 된 무지개 같은 겨울을 밟고 넘어가겠다는 의지를 보여 주며 시를 끝맺고 있는 것이다.

이육사(1904~1944)

시인. 여러 독립 운동 단체에 가담하여 독립 투쟁을 벌였으며, 상징적이면서도 서정이 풍부한 목가풍의 시를 발표했다. 주요 작품으로는 '청포도', '절정', '광야', '꽃' 등이 있다.

풀잎

박성룡

풀잎은
퍽도 아름다운 이름을 가졌어요.
우리가 '풀잎' 하고 그를 부를 때는,
우리들의 입속에서는 푸른 휘파람 소리가 나거든요.

바람이 부는 날의 풀잎들은
왜 저리 몸을 흔들까요.
소나기가 오는 날의 풀잎들은
왜 저리 또 몸을 통통거릴까요.

그러나, 풀잎은
퍽도 아름다운 이름을 가졌어요.
우리가 '풀잎', '풀잎' 하고 자꾸만 부르면,
우리의 몸과 맘도 어느덧
푸른 풀잎이 돼 버리거든요.

감상 길잡이

이 시는 풀잎의 순수하고 아름다운 모습을 떠올리게 한다. 1연은 풀잎이라는 발음, 휘파람 소리라는 청각적 이미지가 강조되었다. 풀잎이라는 이름이 주는 싱그럽고 맑은 이미지가 휘파람 소리와 함께 하나가 되어 귀를 즐겁게 한다. 2연은 비오는 날 귀엽게 통통거리는 풀잎의 모습이 생동감 있게 그려진다. 3연에서는 풀잎과의 일체감, 자연과 하나가 된 몸과 마음을 표현했다. 아름다운 자연에 동화되는 즐거움을 이야기하고 있는 시다.

박성룡(1934~)

시인. 그는 주로 전통적인 미의식과 자연의 질서를 추구하는 시를 발표했다. 주요 시집으로는 "가을에 잃어버린 것들", "춘하추동" 등이 있다.

안개꽃

복효근

꽃이라면
안개꽃이고 싶다.

장미의 한복판에
부서지는 햇빛이라기보다는
그 아름다움을 거드는
안개이고 싶다.

나로 하여
네가 아름다울 수 있다면
네 몫의 축복 뒤에서
나는 안개처럼 스러지는
다만 너의 배경이어도 좋다.

마침내 너로 하여
나조차 향기로울 수 있다면
어쩌다 한 끈으로 묶여
시드는 목숨을 그렇게
너에게 조금은 빚지고 싶다.

복효근(1962~)

시인. 교사. 시집으로는 "당신이 슬플 때 나는 사랑한다", "버마재비 사랑", "새에 대한 반성문", "누우 떼가 강을 건너는 법" 등이 있다.

감상 길잡이

안개꽃은 보통 장미꽃을 구입하면 배경처럼 끼워서 장미를 돋보이게 하는 꽃으로 여겨진다. 그러나 화자는 그런 안개꽃이 되고 싶다고 말한다. 꽃다발 속의 주인공인 장미가 아니라 장미의 아름다움을 거드는 안개와 같은 조연이 되고 싶다고 한다. 타인이 아름다울 수 있다면 그 배경이 되는 일조차 좋다는 모습에서 사랑하는 사람을 위한 희생과 헌신을 엿볼 수 있다. 남을 위해 묵묵히 자신의 일에 책임을 다하는 사람들의 수고에 대해 생각해 보자.

시 속으로

슬픔이 기쁨에게

1. 이 시에 나오는 함박눈과 안도현의 시 '우리가 눈발이라면'의 '가장 낮은 곳으로 / 따뜻한 함박눈이 되어 내리자.'의 함박눈의 차이를 이야기해 보자.

비가 오면

2. 각 연마다 비올 때 나무들의 모습은 어떻게 그려지는가? 그리고 사람은 나무들의 반응과 어떻게 다른가?

행복

3. 사랑에 대한 주제 의식이 제시된 핵심 부분을 찾아보자.

절정

4. 이 시에서 주요 시어인 강철과 무지개에 대해 떠오르는 것을 적어 보자.

	차가움	
	강철	

	희망	
	무지개	
	다리	

풀잎

5. '푸른 휘파람 소리'라는 표현에서 심상의 변화를 써 보자.

6. '푸른 휘파람 소리'와 같은 표현을 만들어 보자.

안개꽃

7. 이 시의 화자처럼 꽃이 되고 싶다면 어떤 꽃이 되고 싶은지, 또 그 이유는 무엇인지 써 보자.

13.

/

창작의 의도

들어가며

자신의 생각이나 정서를 전달하기 위해서 다양한 방법을 사용하게 되는데, 시인은 사회·문화적 상황에 대한 자신의 생각과 정서를 시에 담아 창작한다. 이렇게 창작된 시를 읽을 때에 시인의 의도를 충분히 헤아리지 못하면 시의 의미나 가치를 온전히 알기 어렵다. 그러므로 시를 읽을 때 시인이 말하고자 하는 바, 즉 창작 의도를 파악하고, 그것이 창작 당시의 사회에서 어떻게 소통되었는지 생각해 보면 작품이 지닌 의미를 파악하는 데 도움이 된다. 이것이 시를 통해 작가와 독자가 서로 소통하는 과정이 되는 것이다. 이 소통이 원활하게 이루어지기 위해서는 시인이 어떤 동기에서 작품을 창작했는지, 작품을 통해 어떤 말을 하려고 했는지를 알아보는 것이 중요한 것이다.

창작 의도를 파악하는 가장 기본적인 방법은 작가가 어느 시대에, 어떤 삶을 살았는지를 살펴보는 것과 작품의 내용이나 배경이 되고 있는 사회·문화적 상황을 바탕으로 작품의 창작 의도를 파악하는 것이다.

가난한 사랑 노래

-이웃의 한 젊은이를 위하여

신경림

가난하다고 해서 외로움을 모르겠는가
너와 헤어져 돌아오는
눈 쌓인 골목길에 새파랗게 달빛이 쏟아지는데.
가난하다고 해서 두려움이 없겠는가
두 점을 치는 소리
방범대원의 호각 소리, 메밀묵 사려 소리에
눈을 뜨면 멀리 육중한 기계 굴러가는 소리.
가난하다고 해서 그리움을 버렸겠는가
어머님 보고 싶소 수없이 뇌어 보지만
집 뒤 감나무에 까치밥으로 하나 남았을
새빨간 감 바람 소리도 그려 보지만.

가난하다고 해서 사랑을 모르겠는가
내 볼에 와 닿던 네 입술의 뜨거움
사랑한다고 사랑한다고 속삭이던 네 숨결
돌아서는 내 등 뒤에 터지던 네 울음.
가난하다고 해서 왜 모르겠는가
가난하기 때문에 이것들을
이 모든 것들을 버려야 한다는 것을.

신경림(1936~)

시인. 그의 시는 삶이 고달픈 사람들의 이야기를 다루면서도 항상 따뜻하고 잔잔한 가정을 바탕으로 하고 있어 감동을 준다. 주요 저서로는 "농무", "가난한 사랑 노래", "남한강", "쓰러진 자의 꿈" 등이 있다.

감상 길잡이

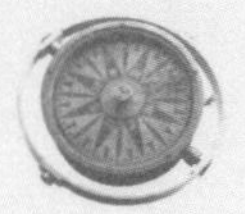

시적 화자는 고향을 떠나서 어렵게 살아가는 어느 젊은 도시 노동자의 슬픈 삶을 따뜻한 사랑의 시선으로 안타깝게 바라보고 있다. 가난하지만 외로움과 두려움, 그리움과 사랑을 가진 사람들, 오로지 가난 때문에 가장 평범한 인간적인 것들을 버리고 살 수 밖에 없었던 도시 노동자들의 가슴 아픈 현실을 담담하게 보여 주고 있다. 그리고 가난이 아무리 힘든 시련을 가져오더라도, 우리 마음속에 자리한 인간적인 사랑의 따뜻함과 아름다움, 그리고 믿음과 진실함은 결코 사라지게 할 수 없을 것이라고 역설적으로 말하고 있다.

우리나라는 1960년대부터 경제 발전이 급속하게 진행되어 농촌의 젊은이들이 일자리를 찾아 도시로 이동하였지만, 저임금과 열악한 노동 환경에서 힘들게 일하면서도 가난을 면하기 어려웠다.

실제로 시인은 노동 운동을 하다 수배를 받은 어느 젊은 부부의 결혼식에서 주례를 맡아 축시로 이 작품을 썼다며 1988년에 발표하였다. 그러므로 힘든 노동 현실이라는 사회·문화적 상황은 1980년대에도 계속 이어졌음을 알 수 있으며, 경제 발전을 어느 정도 이룬 현재에도 이 문제는 사라진 것처럼 보이지만 계속 이어지고 있다. 어느 회사의 노사 문제를 다룬 '의자놀이'에서 공지영 작가는 마지막 순간이 되면 술래가 되지 않기 위해 친구를 밀어 버리고 내가 앉아야 하는 의자놀이에 빗대어 지금 노동자의 아픈 현실을 알리고 있다. 작가가 의도한 당시의 소통 맥락을 이해하고, 현재의 소통 맥락에서도 충분히 적용할 수 있는 시라고 할 수 있다.

너에게 묻는다

안도현

연탄재 함부로 차지 마라.
너는
누구에게 한 번이라도 뜨거운 사람이었느냐.

감상 길잡이

시인이 스스로 뜨거운 사람이 되고 싶은 꿈을 가슴 깊숙이 넣어 두고 살던 전교조 해직 교사 시절에 쓴 시다. 30자 3행으로 된 짧은 시로, 첫 줄의 명령형과 끝줄의 의문형 어미가 당돌해 보이는 이유는 밥줄을 끊긴 자의 오기 또는 각오가 이 시를 만들었기 때문이다. 시인은 단도직입적인 제목이 마음에 들지 않아 볼 때마다 제목을 '나에게 묻는다'라고 고친다고 한다. 하찮은 일상적 사물인 '연탄재'를 통해, '인간은 어떻게 살아야 하는가'라는 문제를 던지면서 깨닫게 하고 반성하게 하는 시다.

안도현(1961~)

시인. 전통적 서정시에 뿌리를 두고 있으면서도 개인적 체험을 주로 노래하면서 민족과 사회의 현실을 섬세한 감수성으로 그려 내는 시인이다. 주요 저서로는 "서울로 가는 전봉준", "그리운 여우", "바닷가 우체국" 등이 있다.

동해 바다 -*후포에서

신경림

친구가 원수보다 더 미워지는 날이 많다.
티끌만 한 잘못이 *맷방석만하게
동산만하게 커 보이는 때가 많다.
그래서 세상이 어지러울수록
남에게 엄격해지고 내게는 너그러워지나 보다.
돌처럼 잘아지고 굳어지나 보다.

멀리 동해 바다를 내려다보며 생각한다.
널따란 바다처럼 너그러워질 수는 없을까
깊고 짙푸른 바다처럼.
감싸고 끌어안고 받아들일 수는 없을까
스스로는 억센 파도로 다스리면서.
제 몸은 맵고 모진 매로 채찍질하면서.

* 후포 울진 아래 있는 작은 항구.
* 맷방석 맷돌을 쓸 때 밑에 까는, 짚으로 만든 방석.

감상 길잡이

사람들은 답답할 때 깊고 넓은 바다, 억센 파도를 다스리는 바다를 보며 마음을 달래곤 한다. 시인도 친구와 갈등이 생겼고 그 과정에서 잘못의 원인을 친구의 탓으로 돌린 듯하다. 우연히 동해 바다를 찾게 되었고 여기서 해결 방법을 찾게 된 시인의 일상적인 경험을 시로 표현한 듯하다. 즉, 작은 일로 편협하게 굴었던 자신의 삶을 반성하고, 동해 바다의 관대함과 포용력을 배우고 싶어 하는 마음을 평이한 시어와 담담한 어조로 노래하고 있다.

신경림(1936~)

시인. 그의 시는 삶이 고달픈 사람들의 이야기를 다루면서도 항상 따뜻하고 잔잔한 가정을 바탕으로 하고 있어 감동을 준다. 주요 저서로는 "농무", "가난한 사랑 노래", "남한강", "쓰러진 자의 꿈" 등이 있다.

밥그릇

정호승

개가 밥을 다 먹고
빈 밥그릇의 밑바닥을 핥고 또 핥는다
좀처럼 멈추지 않는다
몇 번 핥다가 그만둘까 싶었으나
혓바닥으로 씩씩하게 조금도 지치지 않고
수백 번은 더 핥는다
나는 언제 저토록 열심히
내 밥그릇을 핥아 보았나
밥그릇의 밑바닥까지 먹어 보았나
개는 내가 먹다 남긴 밥을
언제나 싫어하는 기색 없이 다 먹었으나
나는 언제 개가 먹다 남긴 밥을
맛있게 먹어 보았나
개가 핥던 밥그릇을 나도 핥는다
그릇에도 맛이 있다
햇살과 바람이 깊게 스민
그릇의 밑바닥이 가장 맛있다

감상 길잡이

시인은 자기 밥그릇을 핥고 또 핥아 먹는 개의 모습을 보고 깨달은 것을 시로 썼다고 한다. 그 깨달음이란 '내가 먹다 남긴 밥을 줘도 저렇게 맛있게 감사하게 잘 먹는데, 나는 개가 남긴 밥을 먹어 본 적이 있는가'라는 것이다. 개 밥그릇의 밑바닥에는 바람과 햇살, 맑은 것이 고여 있는데 인간이라는 나의 그릇의 밑바닥에는 항상 욕심과 이기심과 탐욕 등 더러운 것만 있다. 인간이라는 나의 그릇을 아주 좋은 그릇으로 만들어야 되지 않을까.

정호승(1950~)

시인. 1970~80년대 한국 사회의 그늘진 면을 따뜻한 시각으로 들여다보았고, 소외된 사람들에 대한 애정을 시어로 그려 냈다. 주요 저서로는 "슬픔이 기쁨에게", "사랑하다가 죽어 버려라", "외로우니까 사람이다" 등이 있다.

구부러진 길

이준관

나는 구부러진 길이 좋다.
구부러진 길을 가면
나비의 밥그릇 같은 민들레를 만날 수 있고
감자를 심는 사람을 만날 수 있다.
날이 저물면 울타리 너머로 밥 먹으라고 부르는
어머니 목소리도 들을 수 있다.
구부러진 하천에 물고기가 많이 모여 살듯이
들꽃도 많이 피고 별도 많이 드는 구부러진 길
구부러진 길은 산을 품고 마을을 품고
구불구불 간다.
그 구부러진 길처럼 살아온 사람이 나는 또한 좋다.
반듯한 길 쉽게 살아온 사람보다
흙투성이 감자처럼 울퉁불퉁 살아온 사람의
구불구불 구부러진 삶이 좋다.
구부러진 주름살에 가족을 품고 이웃을 품고 가는
구부러진 길 같은 사람이 좋다.

감상 길잡이

삶은 수많은 길을 쉬지 않고 걸어가는 것이다. 구부러진 길은, 천천히 가는 길, 꽃과 사람을 만나며 가는 길, 산도 넘고 사람 사는 마을도 지나서 가는 길, 앞만 보고 달려가는 직선의 길이 아닌 사람들과 함께 가는 길이다. 쉬운 길로 혼자서 가는 사람이 있고 구부러진 길을 가족과 이웃과 함께 가는 사람이 있을 것이다. 나는 어떤 길로 가고 있나, 또 어떤 길로 가겠는가?

이준관(1949~)

시인. 아동문학가. 자연 친화적인 동시를 많이 썼다. 주요 작품으로는 '폭풍우가 몰아치기 전', '봄날에', '여름밤' 등이 있다.

아버지의 마음

김현승

바쁜 사람들도
굳센 사람들도
바람과 같던 사람들도
집에 돌아오면 아버지가 된다.

어린것들을 위하여
난로에 불을 피우고
그네에 못을 박는 아버지가 된다.

저녁 바람에 문을 닫고
낙엽을 줍는 아버지가 된다.

바깥은 요란해도
아버지는 어린것들에게는 울타리가 된다.
양심을 지키라고 낮은 음성으로 가르치신다.

아버지의 눈에는 눈물이 보이지 않으나
아버지가 마시는 술에는 항상 눈물이 절반이다.

아버지는 가장 외로운 사람들이다.
가장 화려한 사람들은
그 화려함으로 외로움을 배우게 된다.

김현승(1913~1975)

시인. 독실한 기독교인으로서 기독교 정신과 인간주의를 바탕으로 하는 내용을 시로 형상화하여 독특한 시 세계를 이루었다. 주요 작품으로는 '눈물', '플라타너스', '가을의 기도' 등이 있다.

감상 길잡이

아버지들이 술을 먹는 이유는 여러 가지겠지만, 이 시의 표현처럼 아버지가 마시는 술에는 항상 보이지 않는 눈물이 절반일 것이다. 가족에 대한 사랑으로 가족을 위해 희생하고 봉사하는 아버지는 겉으로는 강인한 척하지만 속으로는 근심과 걱정이 많을 수밖에 없는 존재이다. 이런 아버지는 자식들에 의해 위로 받을 뿐이다. 가족을 위해 밖에서 희생하시고 돌아오시는 아버지를 위해 위로의 한마디라도 해 드리라는 시인의 의도가 담겨 있는 듯하다.

시 속으로

가난한 사랑 노래

1. 이 시가 창작될 당시의 사회·문화적 상황을 알 수 있는 시어를 찾아보고, 그 상황에 대해 말해 보자.

너에게 묻는다

2. '연탄재'의 의미를 생각해 보고, 주변에서 '연탄재'와 같은 존재를 찾아보자.

동해 바다 -후포에서

3. 1연의 '나'의 모습과 2연의 '바다'의 모습을 비교해 보고, '남을 대할 때에는 봄바람처럼, 자신을 대할 때에는 가을 서리처럼 하라.'라는 말의 의미를 생각하며, 작가가 이 시를 통해 말하고자 하는 바를 써 보자.

밥그릇

4. '나는 언제 개가 먹다 남긴 밥을 / 맛있게 먹어 보았나'에서 개가 남긴 밥을 '나'가 먹어 보지 못한 이유를 생각해 보자.

구부러진 길

5. '구부러진 길'의 의미를 생각해 보고, 화자가 구부러진 길을 좋아하는 이유를 말해 보자.

6. '구부러진 길 같은 사람'은 어떤 사람일지 생각해 보고, 우리 주변에서 그런 사람을 찾아보자.

아버지의 마음

7. '아버지'라는 존재를 단적으로 표현하면서, 가장으로서의 책임감을 지닌 아버지의 모습을 보여 주는 시구를 찾아 써 보자.

14.

/

사회·문화적 맥락

들어가며

사람들의 행동이나 사고방식은 사람들을 둘러싼 사회·문화적 기반 위에서 이루어진다고 한다. 문학 작품의 인물들도 마찬가지로 사회·문화적 상황의 영향을 받아 행동한다. 이때 작품 속 사회·문화적 상황은 실제 작가가 속한 사회나 혹은 그가 표현하고자 하는 시대의 모습을 반영한다. 즉, 작가는 자신이 살아가고 있는 사회의 모습을 바탕으로 작품을 창작하기 때문에 문학 작품에는 다양한 사회·문화적 상황이 드러나 있다. 흔히 문학은 사회를 비추는 거울이라고 말한다. 그러므로 작품의 배경이 되는 사회·문화적 상황을 고려하여 작품을 감상한다면, 작가가 그 작품을 창작하게 된 의도와 당시 사람들이 겪었던 삶의 모습 등을 파악할 수 있다. 사회·문화적 상황은 작품에 직접 드러날 수도 있고, 작품 창작의 배경으로 작용할 수도 있다. 이런 점을 고려할 때, 사회·문화적 상황에 대해 작품의 창작 배경으로 접근하는 방법, 작품에 등장하는 인물이나 사건에 관련지어 접근하는 방법 등이 가능하다. 또한 더 나아가 자신이 작품 속의 인물이라면 당시 사회·문화적 상황에 어떻게 대응하였을지 생각해 보는 것이 문학 작품을 더욱 깊이 있게 감상할 수 있는 방법이 될 것이다.

가노라 삼각산아

김상현

가노라 삼각산(三角山)아, 다시 보자 한강수(漢江)야.
고국산천(古國山川)을 떠나고자 하랴마는
시절(時節)이 하 수상(殊常)하니 올동말동하여라.

김상현(1570~1652)

조선 시대의 문인. 정묘호란 때 청과 척화(화친하자는 논의를 배척함)하자는 대신으로 이름이 높았다. 주요 저서로는 "야인담록", "청음전집" 등이 있다.

감상 길잡이

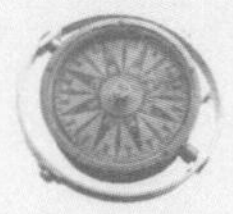

삼각산은 현재의 북한산으로 대통령이 살고 있는 청와대 뒤에 있는 산이며 한강수는 당연히 한강을 가리키는 것이므로 삼각산과 한강수는 그 다음 중장에 나오는 고국산천, 즉 화자가 살고 있는 삶의 터전을 의미한다. 화자는 그런 삶의 터전과 이별하여 떠나가고 있음을 쉽게 파악할 수 있다. 떠나면서 언제 올지 모르겠다라고도 말한다. 그럼 왜 자신의 삶의 터전, 고향을 떠나는 것일까? 그 궁금증의 열쇠는 '시절이 하 수상하여'에 있다. 이 작품의 사회·문화적 상황을 알아야만 이 작품의 진정한 의미를 파악할 수 있는 것이다.

이 시조는 병자호란 때 끝까지 싸울 것을 주장했던 척화론자 김상헌(1570~1652)의 작품이다. 그래서 많은 사람들이 삼전도의 항복 직후 청나라에 잡혀갈 때 지은 작품이라고 생각한다. 김상헌은 삼전도의 항복 직후 청나라에 잡혀간 것이 아니라 그로부터 3년 후, 명을 치기 위한 청의 출병 요청에 반대하는 상소를 올렸다가, 그것이 빌미가 되어 청나라 심양으로 압송되었다고 한다. 이 작품은 청으로 끌려갈 때 지은 작품으로 작은 나라 백성으로서의 울분과 우국의 충정-고국산천에 대한 절절한 사랑, 오랑캐 땅에 잡혀 가는 비장함, 귀국에 대한 불안한 마음-을 노래한 것이다. 내가 이런 상황에 처한다면 어떤 기분이었을까 상상해 보자.

광야

이육사

까마득한 날에
하늘이 처음 열리고
어데 닭 우는 소리 들렸으랴

모든 산맥들이
바다를 *연모(戀慕)해 휘달릴 때도
참아 이곳을 범하던 못하였으리라

끊임없는 *광음을
부지런한 계절이 피어선 지고
큰 강물이 비로소 길을 열었다

지금 눈 나리고
매화 향기 홀로 아득하니
내 여기 가난한 노래의 씨를 뿌려라

* 연모 사랑하여 간절히 그리워함.
* 광음 햇빛과 그늘, 즉 낮과 밤이라는 뜻.

이육사(1904~1944)

시인. 여러 독립 운동 단체에 가담하여 독립 투쟁을 벌였으며, 상징적이면서도 서정이 풍부한 목가풍의 시를 발표했다. 주요 작품으로는 '청포도', '절정', '광야', '꽃' 등이 있다.

다시 *천고(千古)의 뒤에
백마 타고 오는 *초인(超人)이 있어
이 광야에서 목놓아 부르게 하리라

* 천고 ① 아주 먼 옛적. ② 오랜 세월을 통하여 그 종류가 드문 일.
* 초인 보통 사람으로는 생각할 수 없을 만큼 뛰어난 능력을 가진 사람.

감상 길잡이

이 시는 일제의 탄압이 혹독했던 때에 창작되었다. 이 시기 시인은 독립운동에 앞장섰으며, 민족 해방에 대한 확신과 굳건한 의지를 이러한 시를 통해 표현하는 방법으로 일제에 저항하였다. 이 시에서 우리 민족의 삶의 터전인 광야의 과거와 암담한 현재 상황이 잘 나타나 있으며 중요한 것은 미래의 모습까지도 제시한 것이다. 백마 타고 오는 초인-우리 삶의 터전을 새롭게 이끌어 갈 민족의 구원자-이 있을 것이라고 단호하게 말하고 있는 것이다.

동서남북

김광규

봄에는 연녹색 물결 북쪽으로
북쪽으로 퍼져 올라간다
철조망도 군사 분계선도 거리낌 없이
북상한다
산맥을 넘고
들판을 지나서
진달래도 개나리도 월북한다
여름이면 뻐꾸기 노랫소리
개구리 우는 소리
어디서나 똑같다
가을에는 황금빛 물결 남쪽으로
남쪽으로 퍼져 내려온다
비무장 지대도 민통선도 거리낌 없이
남하한다
강을 건너고
계곡을 지나서
코스모스도 단풍도 *월남한다

* 월남 어떤 경계선을 지나 남쪽으로 넘음.

김광규(1941~)

시인. 현대를 살아가는 소시민들의 이기주의와 속물근성에 대한 비판적 성찰을 다룬 작품들이 많다. 주요 작품으로는 '희미한 옛사랑의 그림자', '반달곰에게', '크낙산의 마음' 등이 있다.

겨울이면 시원한 동치미 맛
얼큰한 해장국 맛
어디서나 똑같다
동서남북 가리지 않고
온 세상을 하나로
하얗게 뒤덮는 눈보라
아무도 막을 수 없다

감상 길잡이

'군사 분계선', '월북한다', '비무장 지대', '민통선', '남하한다', '월남한다' 등의 시어들을 통해, 이 시가 유일한 분단국가인 우리의 현실을 노래한 시임을 알 수 있다. 개나리, 진달래, 뻐꾸기, 코스모스, 단풍 등 자연 사물들은 총과 무기로 무장한 남과 북의 경계선을 봄, 여름, 가을, 겨울 내내 자유로이 오갈 수 있다. 여기에 시인의 바람이 담겨 있다. 세상을 고요하고 평등하게 뒤덮는 겨울의 눈보라는 추운 현실의 고난이 아니라 우리의 마음을 한 색깔로 덮어 주는 따뜻한 희망을 의미하는 것이다.

봄은

신동엽

봄은
남해에서도 북녘에서도
오지 않는다.

너그럽고
빛나는
봄의 그 눈짓은,
제주에서 두만까지
우리가 디딘
아름다운 논밭에서 움튼다.

겨울은,
바다와 대륙 밖에서
그 매운 눈보라 몰고 왔지만
이제 올
너그러운 봄은, 삼천리 마을마다
우리들 가슴속에서
움트리라.

신동엽(1930~1969)

시인. 1960년대 참여 시인을 대표하면서 시대에 대한 비판 의식을 바탕으로 민중의 강렬한 저항 의식을 시로 표현하였다. 주요 작품으로는 장시 '아사녀', 서사시 '금강', 그리고 '껍데기는 가라', '봄은' 등이 있다.

움터서,
강산을 덮은 그 미움의 쇠붙이들
눈 녹이듯 흐물흐물
녹여 버리겠지.

감상 길잡이

'봄은 움튼다'라고 이야기하는데, 어디에서 움틀까? 우리들 가슴에서 움튼다. 곧 우리의 일상적인 삶의 터전에서, 너그러운 마음속에서 움튼다는 것이다. 또 '봄은 녹여 버린다.'라고 했는데, 무엇을 녹이나? 미움의 쇠붙이, 우리 조국을 덮고 있는 모든 불순한 것을 사라지게 한다고 말한다. 그럼 움터서 녹여 버리는 봄은 불순한 것을 없애는 강렬한 염원일 것이다. 현재 우리의 가장 강렬한 염원은 무엇일까? '통일', 바로 통일일 것이다.

성북동 비둘기

김광섭

성북동 산에 번지가 새로 생기면서
본래 살던 성북동 비둘기만이 번지가 없어졌다.
새벽부터 돌 깨는 산울림에 떨다가
가슴에 금이 갔다.
그래도 성북동 비둘기는
하느님의 광장 같은 새파란 아침 하늘에
성북동 주민에게 축복의 메시지나 전하듯
성북동 하늘을 한 바퀴 휘 돈다.

성북동 메마른 골짜기에는
조용히 앉아 콩알 하나 찍어 먹을
널찍한 마당은커녕 가는 데마다
채석장 포성이 메아리쳐서
피난하듯 지붕에 올라앉아
아침 구공탄 굴뚝 연기에서 향수를 느끼다가
산 1번지 채석장에 도로 가서
금방 따낸 돌 온기(溫氣)에 입을 닦는다.

김광섭(1905~1977)

시인. 민족적 지조를 고수한 시인이며, 초기의 작품은 관념적이고 지적이었으나, 후기에 이르러 인간성과 문명의 괴리 현상을 서정적으로 심화시킨 시인으로 높이 평가되고 있다. 대표작으로 '성북동 비둘기', '마음' 등이 있다.

예전에는 사람들을 성자(聖子)처럼 보고
사람 가까이
사람과 같이 사랑하고
사람과 같이 평화를 즐기던
사랑과 평화의 새 비둘기는
이제 산도 잃고 사람도 잃고
사랑과 평화의 사상까지
낳지 못하는 쫓기는 새가 되었다.

감상 길잡이

1960년대부터 진행된 우리나라의 도시화와 산업화는 물질문명이 주는 편리함과 혜택 못지않게 많은 부작용을 낳았다. 이 시는 자연 생태계를 파괴한 현대 문명의 횡포성, 인간의 순수함이 점차 상실되어 가는 모습, 자본주의에서 가장 문제가 되는 인간 소외의 문제 등을 비유적으로 표현했다. 인간의 무분별한 개발은 비둘기에게, 인간에게, 나아가 환경 전체에게 심각한 폐해를 끼친다는 사실을 강한 어조로 경고하는 것이다.

못 위의 잠

나희덕

저 지붕 아래 제비 집 너무도 작아
갓 태어난 새끼들만으로 가득 차고
어미는 둥지를 날개로 덮은 채 간신히 잠들었습니다
바로 그 옆에 누가 박아 놓았을까요, 못 하나
그 못이 아니었다면
아비는 어디서 밤을 지냈을까요
못 위에 앉아 밤새 꾸벅거리는 제비를
눈이 뜨겁도록 올려다봅니다
종암동 버스 정류장, 흙바람은 불어오고
한 사내가 아이 셋을 데리고 마중 나온 모습
수많은 버스를 보내고 나서야
피곤에 지친 한 여자가 내리고, 그 창백함 때문에
반쪽 난 달빛은 또 얼마나 창백했던가요
아이들은 달려가 엄마의 옷자락을 잡고
제자리에 선 채 달빛을 좀 더 바라보던
사내의, 그 마음을 오늘 밤은 알 것도 같습니다
실업의 호주머니에서 만져지던
때 묻은 호두 알은 쉽게 깨어지지 않고

나희덕(1966~)

시인. 인간과 자연의 조화로운 관계를 모색하는 시, 상처 입은 이들의 슬픔과 고통을 감싸 안는 시를 많이 썼다. 주요 시집에 "뿌리에게", "그 말이 잎을 물들였다", 산문집에 "반 통의 물" 등이 있다.

그럴듯한 집 한 채 짓는 대신
못 하나 위에서 견디는 것으로 살아온 아비,
거리에선 아직도 흙바람이 몰려오나 봐요
돌아오는 길 희미한 달빛은 그런대로
식구들의 손잡은 그림자를 만들어 주기도 했지만
그러기엔 골목이 너무 좁았고
늘 한 걸음 늦게 따라오던 아버지의 그림자
그 꾸벅거림을 기억나게 하는
못 하나, 그 위의 잠

감상 길잡이

이 시는 야근하고 밤늦게 돌아오는 어머니를 삼남매와 함께 기다리다가 돌아올 때는 한 걸음 늦게 뒤따라오는 아버지에 대한 기억이 밑바탕이 되었다. 우연히 처마 밑의 좁은 제비 집에 새끼와 어미가 자고 아비는 못 위에서 위태롭게 자는 것을 본 순간, 아버지에 대한 기억이 선명하게 떠올랐다고 한다. 가족을 위한 가장의 무거운 책임감, 그 책임을 다하지 못했을 때의 가족에 대한 미안함과 부끄러움 등은 예전이나 지금이나 변하지 않는 아버지들의 마음일 것이다.

시 속으로

가노라 삼각산아

1. 이 시조의 시대적 상황에 대해 알아보자.

광야

2. 시간의 흐름에 따라 각 연의 내용을 정리해 보고, '지금 눈 내리고'가 말하는 역사적 상황에 대해 말해 보자.

동서남북

3. 계절에 따라 시상이 어떻게 전개되는지 정리해 보고, 이 시에서 파악할 수 있는 자연 현상과 우리 민족의 현실을 비교해 보자.

봄은

4. 봄, 겨울, 눈보라, 미움의 쇠붙이 등의 시어의 함축적 의미에 대해 말해 보자.

5. '오지 않는다, 움튼다, 움트리라, 녹여 버리겠지' 등에서 시적 화자의 주된 어조와 태도에 대해 말해 보자.

성북동 비둘기

6. 비둘기가 가지는 상징성은 무엇이며, 비둘기를 바라보는 시인의 마음이 어떠한지 이야기해 보자.

못 위의 잠

7. 이 시를 현재, 과거, 현재로 나누어 보고, 각 부분의 내용을 정리해 보자.

15.

/

주체적 수용

들어가며

문학 작품을 통해 작가와 독자는 서로 의사소통을 하게 된다. 이 과정에서 하나의 작품을 여러 독자가 읽었을 때 작품에 대한 평가는 사람마다 다르다. 한 명의 독자가 같은 작품을 여러 번 읽어도 읽을 때마다 그 평가가 달라질 수도 있다. 읽는 사람의 경험, 처한 현실, 작품을 이해하는 능력, 가치관, 관심사 등에 따라 작품이 주는 감동이나 가치는 다른 것이다. 이렇게 문학 작품에 대한 평가는 단 하나의 정답이 있는 것은 아니다. 하지만 문학 작품에 대한 해석과 평가가 타당하다고 인정받기 위해서 독자는 주체적인 관점에서 작품을 해석하고 작품을 지나치게 주관적으로 해석하지는 않았는지 적절한 근거를 들어 작품을 평가해야 한다. 문학 작품을 주체적인 관점에서 해석하고 평가하는 능력을 기르기 위해서는 평소에 자신의 관점에서 적절한 근거를 들어가면서 문학 작품을 평가하는 습관을 가져야 한다. 작품에 대한 작가의 주체적인 평가가 분명하게 드러난 비평문을 읽어보는 것도 도움이 된다. 자신의 생각을 무조건 내세우기보다는 다른 사람의 생각도 존중하면서 자신의 해석과 평가를 설득력 있게 표현해야 한다.

민지의 꽃

정희성

강원도 평창군 미탄면 청옥산 기슭.
덜렁 집 한 채 짓고 살러 들어간 제자를 찾아갔다.
거기서 만들고 거기서 키웠다는
다섯 살배기 딸 민지.
민지가 아침 일찍 눈을 비비고 일어나
저보다 큰 물뿌리개를 나한테 들리고
질경이 나싱개 토끼풀 억새……
이런 풀들에게 물을 주며
잘 잤니, 인사를 하는 것이었다.
그게 뭔데 거기다 물을 주니?
꽃이야, 하고 민지가 대답했다.
그건 잡초야, 라고 말하려던 내 입이 다물어졌다.
내 말은 때가 묻어
천지와 귀신을 감동시키지 못하는데
꽃이야, 하는 그 애의 말 한마디가
풀잎의 풋풋한 잠을 흔들어 깨우는 것이었다.

정희성(1945~)

시인. 상처받고 소외된 사람들의 삶에 담긴 슬픔을 구체적으로 그린 시를 주로 썼다. 주요 작품으로는 "저문 강에 삽을 씻고", "한 그리움이 다른 그리움에게", "시를 찾아서" 등이 있다.

감상 길잡이

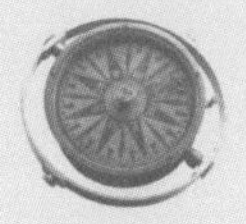

우리 집에도 이 시에 등장하는 '민지'와 같은 나이인 둘째 딸이 있다. 이 아이가 유리구슬을 15개 정도 넣은 투명한 플라스틱 통에 물을 붓고 이 통을 소중하게 간직하였다. 그래서 그 이유를 물어보니 구슬이 물을 먹고 큰다는 것이었다. 어이가 없었으나 그다음에 밀려 온 생각은 순수하다는 것이 저런 것이구나라는 깨달음이었다. 그래서 아이가 하고 싶은 대로 그냥 지켜봤다. 본인이 깨닫기를 간절히 바랐기 때문이다. 이 아이를 통해 순수하다는 의미와 사람이 순수할 때가 언제였던가를 새삼 알게 되었다. 이것이 평소에 일어날 수 있는 평범한 일에서 찾을 수 있는 나만의 주체적 수용이 아닐까?

우리는 매일 함께 생활하는 사람들의 몰랐던 부분을 어느 순간 새롭게 알게 될 수도 있고, 친하지 않았던 사람에게서 새로운 면을 발견하게 되는 경우도 있을 것이다. 우리는 혼자 힘으로 알아 가는 것도 있지만, 사람들을 통해 배운다. 나보다 어른에게, 더 많이 배운 사람에게, 존경 받는 사람에게 배운다고 생각한다. 하지만, 이런 어른들은 쓸모 있는 것과 쓸모없는 것을 나누는 안목과 판단만 있을 뿐이다. 들판에 자라나는 풀들은 저마다의 가치를 지닌 채 자연을 이루고 있다. 어린아이의 순수한 눈은 잡초를 꽃이라 여기며 생명이 지닌 자연 그대로의 아름다움을 느낄 수 있는 것이다. 때로는 순수한 어린아이에게서 인생의 가치를 배운다.

봄 길

정호승

길이 끝나는 곳에서도
길이 있다.
길이 끝나는 곳에서도
길이 되는 사람이 있다.
스스로 봄 길이 되어
끝없이 걸어가는 사람이 있다.
강물은 흐르다가 멈추고
새들은 날아가 돌아오지 않고
하늘과 땅 사이의 모든 꽃잎은 흩어져도
보라.
사랑이 끝난 곳에서도
사랑으로 남아 있는 사람이 있다.
스스로 사랑이 되어
한없이 봄길을 걸어가는 사람이 있다.

감상 길잡이

'봄 길'에서 시인은 봄 길을 걸어가는 사람의 모습을 통해 바람직한 삶의 태도를 강조하고 있다. '끝'이라는 말은 '시작'이라는 말이 있어야 그 의미를 획득할 수 있다. 시작이 있으면 끝이 있고, 끝이 새로운 시작으로 나아가야 변화와 발전이 있는 것이다. '사랑이 끝난 곳에서도 / 사랑으로 남아 있는 사람'이 있다고 말하는 시인은 끝을 끝으로 인정하지 않고 '끝없이 걸어가는 사람'의 힘이 새로운 시작을 여는 힘이라고 말한다.

정호승(1950~)

시인. 1970~80년대 한국 사회의 그늘진 면을 따뜻한 시각으로 들여다보았고, 소외된 사람들에 대한 애정을 시어로 그려 냈다. 주요 저서로는 "슬픔이 기쁨에게", "사랑하다가 죽어 버려라", "외로우니까 사람이다" 등이 있다.

오라! 이 강변으로

홍윤숙

오라, 이 강변으로
우리는 하나. 만나야 할 한 핏줄.
마침내 손잡을 그날을 기다린다.
그날이 오면, 끊어진 허리
동강 난 세월들 씻은 듯 나으리라.
너의 주름과 나의 백발도
이 땅의 아름다운 백발이 되리라.
오늘도 여기 서서 너를 기다린다.

감상 길잡이

화자가 전하려는 바를 크게 네 부분으로 나누어 파악할 수 있다. 우선 화자는 '너'에게 강변으로 '오라'고 명령한다. 4~5행에서는 '끊어진 허리'와 '동강 난 세월' 때문에 아픔이 생겼고 '손잡을 그날'이 아직 오지 않아서 아직도 아픔으로 앓고 있다. 6~7행에서는 그 아픔이 '꽃'으로 변할 '그날'은 '나'와 '너'에게 큰 기쁨이 될 것이다. 8행에서 화자는 '강변'에서 '너'와의 만남을 간절히 바랐지만, 이루어지지 않았다. 그래서 '오늘도' 여전히 '강변'에서 서서 하루 빨리 '그날'이 오기를 간절히 염원하고 있는 것이다.

홍윤숙(1925~)

시인. 서술적이고 극적인 표현으로 현실 세계를 탐구하는 시를 주로 썼다. 주요 작품으로 '가을', '낙엽의 노래', '오라! 이 강변으로' 등이 있다.

*비망록

문정희

남을 사랑하는 사람이 되고 싶었는데
남보다 나를 더 사랑하는 사람이
되고 말았다

가난한 식사 앞에서
기도를 하고
밤이면 고요히
일기를 쓰는 사람이 되고 싶었는데
구겨진 속옷을 내보이듯
매양 허물만 내보이는 사람이 되고 말았다

사랑하는 사람아
너는 내 가슴에 아직도
눈에 익은 별처럼 박혀 있고

나는 박힌 별이 돌처럼 아파서
이렇게 한 생애를 허둥거린다

* 비망록 잊지 않으려고 중요한 골자를 적어 둔 것. 또는 그런 책자.

문정희(1947~)

시인. 우리 사회의 여성 억압적인 현실과 여성의 사랑과 욕망 등에 대한 작품을 주로 썼다. 주요 작품으로 '새떼', '찔레', '오라, 거짓 사랑아' 등이 있다.

감상 길잡이

비망록은 일기와 비슷하지만 잊어서는 안 될 것들을 몰래 기록한다. 이 시는 많은 사람이 쉽게 느끼는 사소한 자기 고백의 반성을 비망록에 담고 있다. 3연과 4연에 와서야 사랑 때문에 아파하고 그 아픔으로 힘들어 했던 자신의 특별한 경험을 비망록에 이야기한다. 비망록에 사소한 깨달음부터 하나하나 기록해 보자. 잊어서는 안 될 것들을 기록하는 것이 아니라 쉽게 잊어버려 기억하지 못할 것을 기록하는 것이 진정한 나만의 비망록이 될 것이다.

해바라기 씨

정지용

해바라기 씨를 심자.
*담 모롱이 참새 눈 숨기고
해바라기 씨를 심자.

누나가 손으로 다지고 나면
바둑이가 앞발로 다지고
*괭이가 꼬리로 다진다.

우리가 눈 감고 한 밤 자고 나면
이슬이 나려와 같이 자고 가고,

우리가 이웃에 간 동안에
햇빛이 입 맞추고 가고,

해바라기는 첫 *시약시인데
사흘이 지나도 부끄러워
고개를 아니 든다.

* 담 모롱이 담의 구부러지거나 꺾어져 돌아간 부분.
* 괭이 고양이.
* 시약시 색시.

정지용(1902~1950)

시인. 참신한 이미지와 절제된 시어로 한국 현대 시의 성숙에 결정적인 기틀을 마련한 시인이다. 시집으로 "정지용 시집", "백록담" 등이 있다.

가만히 엿보러 왔다가
소리를 꺅! 지르고 간 놈이
오오, 사철나무 잎에 숨은
청개고리 고놈이다.

감상 길잡이

이 시는 어린 남자아이를 화자로 설정하여 해바라기가 싹이 트기를 기다리는 과정을 보여 주고 있다. 해바라기가 자신의 '시약시'가 된 것인 양 좋아하는 어린 소년의 모습이 눈에 그려진다. 해바라기 씨가 싹을 틔우는 데 누나, 바둑이, 괭이, 이슬, 햇빛 등이 함께한다는 것에서 하나의 생명이 탄생하기 위해서는 많은 것들의 관심과 도움이 필요하다는 것을 느끼게 한다. 생명의 소중함과 그것을 바라보는 어린 화자의 모습을 통해 순수한 마음을 전달하고 있는 시다.

여백

도종환

언덕 위에 줄지어 선 나무들이 아름다운 건
나무 뒤에서 말없이
나무들을 받아안고 있는 여백 때문이다
나뭇가지들이 살아온 길과 세세한 잔가지
하나하나의 흔들림까지 다 보여 주는
넉넉한 허공 때문이다
빽빽한 숲에서는 보이지 않는
나뭇가지들끼리의 균형
가장 자연스럽게 뻗어 있는 생명의 손가락을
일일이 쓰다듬어 주고 있는 빈 하늘 때문이다
여백이 없는 풍경은 아름답지 않다
비어 있는 곳이 없는 사람은 아름답지 않다
여백을 가장 든든한 배경으로 삼을 줄 모르는 사람은

감상 길잡이

여백은 빈 공간을 임의로 두어서 작품을 보다 긍정적으로 바라볼 수 있게 한다. 이 시에서는 이 여백의 실체를 '나무 뒤에서 말없이 나무들을 받아안고 있는', '일일이 쓰다듬어 주고 있는 빈 하늘'로 구체적으로 그려 내고 있다. 그리고 그런 여백이 있는 사람이 아름답다고 말한다. 넉넉한 마음으로 누군가를 위해 자신의 것을 나누어 주며 도움을 주는 사람이 여백이 있는 사람일 것이다. 이렇듯 이 시는 자연을 통해 깨달은 삶의 태도를 노래하고 있다.

도종환(1954~)

시인. 진솔한 삶에 대한 아름다움과 절실한 감동을 주는 시를 많이 썼다. 주요 저서로는 시집 "고두미 마을에서", "접시꽃 당신", "슬픔의 뿌리", 산문집 "사람은 누구나 꽃이다" 등이 있다.

시 속으로

민지의 꽃

1. 산골 외딴 곳의 어린아이 '민지'가 상징하는 것은 무엇이며, '내 말은 때가 묻어'와 '잠을 흔들어 깨우는 것'은 각각 무엇을 의미하는가?

봄 길

2. '봄 길을 걸어가는 사람'은 어떤 사람인지 생각해 보고, 자신의 주변에 이와 같은 사람이 있는지 말해 보자.

오라! 이 강변으로

3. 화자가 서 있는 곳, 화자와 '너'의 관계, '너'를 만나려고 하는 이유 등을 통해 화자가 처한 상황에 대해 말해 보자.

비망록

4. '비망록'이라고 제목을 지은 이유는 무엇일까?

5. 이 시에서 '남을 사랑하는 사람', '남보다 나를 더 사랑하는 사람'은 어떤 사람일까?

해바라기 씨

6. 해바라기 씨를 심고 싹을 틔우기를 기다리는 과정에서 어떤 일들이 있었는지 정리해 보자.

여백

7. 언덕 위에 줄지어 선 나무들이 아름다운 까닭을 말해 보고, 시적 화자가 독자에게 하고 싶은 말을 시어를 활용하여 말해 보자.

4부

시의 세계와 해석

16. 시 세계의 확장

17. 해석의 근거

18. 감상의 방법

19. 창작의 과정

20. 가치의 발견

16.

/

시 세계의 확장

들어가며

시인은 왜 시를 쓰는 것일까? 독자의 감각이나 감정에 호소하기 위해, 상상력을 자극하여 깊은 감명을 주기 위해서일 것이다. 시를 쓰기 위해서는 먼저 시인 자신이 일상생활에서나 일상의 사물에서 느끼는 감흥이나 감동이 있어야 한다. 단순한 기록은 자신이나 타인에게 지속적인 감동이나 감흥을 불러낼 수 없을 것이다. 슬픔이 되었든 기쁨이 되었든 감동을 불러일으켜야만 문학이다. 결국 시란 자신 혹은 타인에게 감동이나 감흥이라는 가치를 전달하는 기능을 지녀야 한다. 그럼 시의 소재는 어디에서 올까? 일상생활에서 겪는 의미 있는 경험, 그 속에서 느끼는 감정, 주위에 있는 다양한 사물들이 시의 소재가 된다.

이렇게 만들어진 시를 독자는 어떻게 읽어야 할까? 독자는 시를 통해 시인이 전달하고자 하는 감동이나 감흥을 불러내야 한다. 단순히 감동이나 감흥을 받는 것이 아니라 인간의 보편적인 삶, 독자의 삶과 관련지어 적용해야 그 감동과 감흥이 지속될 것이며 영원히 남게 될 것이다. 이러한 과정이 시를 통한 시인과 독자의 소통 과정이며 시가 추구하고자 하는 세계일 것이다.

떨어져도 튀는 공처럼

정현종

그래 살아 봐야지
너도 나도 공이 되어
떨어져도 튀는 공이 되어

살아 봐야지
쓰러지는 법이 없는 둥근
공처럼, 탄력의 나라의
왕자처럼

가볍게 떠올라야지
곧 움직일 준비되어 있는 꼴
둥근 공이 되어

옳지 최선의 꼴
지금의 네 모습처럼
떨어져도 튀어 오르는 공
쓰러지는 법이 없는 공이 되어.

정현종(1939~)

시인. 인간과 사물 등 모든 존재에 대한 사랑을 바탕으로 건강한 삶을 추구하는 시를 많이 썼다. 시집에 "고통의 축제", "사물의 꿈", "떨어져도 튀는 공처럼" 등이 있다.

감상 길잡이

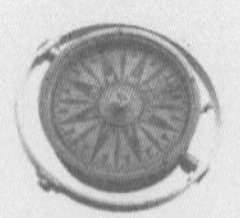

시는 특별한 대상이나 경험만을 소재로 하지 않는다. 이 시처럼 평범한 일상에서 흔히 볼 수 있는 '공'을 소재로 할 수 있다. 이 시에서 시인이 평범한 사물인 공의 속성에서 무엇을 관찰하여 우리에게 무엇을 전달하고자 하는지 주목할 필요가 있다. 그저 둥글고, 던지면 튀어 오르는 공일 뿐인데, 시인은 공의 성질에서 큰 교훈을 얻고 있다. 떨어지면 튄다는 공의 성질에 인간의 삶 속에서 느끼는 시련과 극복, 또는 절망과 희망이라는 삶의 태도에서 얻은 특별한 의미를 넣었다. 떨어지는 건 시련과 절망이고 튀어 오르는 건 극복과 희망으로 볼 수 있다. 사물의 특징에 삶을 빗댄 시인의 관찰력과 상상력이 매우 뛰어나다.

이 시를 읽은 독자는 어떤 감동이나 감흥을 느꼈을까? 독자마다 다 다르겠지만 힘든 상황에 처한 사람들이라면 힘과 용기를 얻을 수 있을 것이다. 우리나라는 자살률이 높다. 특히 청소년의 자살 문제가 심각할 정도이다. 이 시가 힘들어하는 청소년들에게 힘과 용기가 되었으면 한다. 떨어져도 튀어 오르는 공처럼 시련과 절망과 죽음의 유혹이 나에게 있더라도 좌절이나 포기하지 말고, 또 귀한 삶을 마감하는 극단적인 방법을 선택하지 않도록 모든 사람들의 가슴속에 영원히 감동이나 감흥을 주는 시로 작용하였으면 좋겠다.

의자 7

조병화

지금 어드메쯤
아침을 몰고 오는 분이 계시옵니다.
그분을 위하여
묵은 이 의자를 비워 드리지요.

지금 어드메쯤
아침을 몰고 오는 어린 분이 계시옵니다.
그분을 위하여
묵은 의자를 비워 드리겠어요.

먼 옛날 어느 분이
내게 물려주듯이

지금 어드메쯤
아침을 몰고 오는 어린 분이 계시옵니다.
그분을 위하여
묵은 의자를 비워 드리겠습니다.

감상 길잡이

새로운 시대를 열 사람을 위해 의자를 비워 드리겠다는 화자의 강한 의지가 엿보인다. 인수인계는 사회에서는 아주 일상적인 과정이다. 그런데 이 시에서 '아침을 몰고 오는'이 주는 의미는 평범해 보이지 않는다. '비워 드리지요—비워 드리겠어요—비워 드리겠습니다'로 점층적으로 변형·발전된 표현과 존칭의 사용을 보면 존중과 기대감, 화자의 신념과 의지를 알 수 있다.

조병화(1921~2003)

시인. 쉬운 낭만의 언어로 독자와 대화를 이어 왔다. 시집으로는 "버리고 싶은 유산", "오산 인터체인지", "먼지와 바람 사이" 등이 있다.

저녁에

김광섭

저렇게 많은 별 중에서
별 하나가 나를 내려다본다.
이렇게 많은 사람 중에서
그 별 하나를 쳐다본다.

밤이 깊을수록
별은 밝음 속에 사라지고
나는 어둠 속에 사라진다.

이렇게 정다운
너 하나 나 하나는
어디서 무엇이 되어
다시 만나랴.

감상 길잡이

1연에서는 별과 나의 운명적 만남과 친밀한 관계가 형성되었고, 2연에서는 저녁에서 밤으로 시간이 흘러 별과 나의 관계가 소멸해 가며, 3연에서는 친밀한 관계를 형성한 별과 다시 만나기를 기대하는 불교의 윤회 사상이 반영되었다. 결국 이 시는 별을 소재로 한 인간 존재에 대한 깊이 있는 내면 성찰을 통해 현대인이 느끼는 사람과 사람 사이의 관계를 그리고 있다. 마지막 시구 '어디서 무엇이 되어 다시 만나랴'는 노래로도 잘 알려져 있다.

김광섭(1905~1977)

시인. 민족적 지조를 고수한 시인이며, 초기의 작품은 관념적이고 지적이었으나, 후기에 이르러 인간성과 문명의 괴리 현상을 서정적으로 심화시킨 시인으로 높이 평가되고 있다. 대표작으로 '성북동 비둘기', '마음' 등이 있다.

한 오금

박목월

엄마가 밤을 나눠 줄래니
오빠가 와서
"엄마 한 오큼씩만 가져갈까요"
엄마가 오냐 하니

오빠는 한 오큼 다섯 톨 가져가고
나는 한 오큼 세 톨 가져가고
아가는 한 오큼 한 톨 가졌어요

감상 길잡이

사람의 손은 자신이 가질 수 있는 양 만큼만 집을 수 있다. 그 이상은 집을 수 없으며 억지로 집으려 한다면 그건 지나친 욕심일 것이다. 순수한 어린아이들은 욕심이 없다. 자신의 손 크기에 맞게 적당한 양만 손으로 집는다. 어린 시절 추억을 들추며 순수한 마음으로 돌아가 보는 것은 어떨까. 어린아이들에게는 엄마와 함께하는 동심의 세계를, 어른에게는 순수했던 지난 추억을 전하는 시이다.

박목월(1916~1978)

시인. 향토적 서정성을 심화시킨 시인이다. 조지훈, 박두진과 함께 청록파 시인으로 활동했다. 시집으로 "산도화", "청담" 등이 있고, 수필집 "구름의 서정", "행복의 얼굴" 등이 있다.

호수 1

정지용

얼굴 하나야
손바닥 둘로
폭 가리지만,

보고픈 마음
호수만 하니
눈 감을밖에.

감상 길잡이

2연 6행, 글자 수 31자의 짧은 시지만 많은 의미가 함축되어 있다. 이 시에서는 그리움의 크기를 호수에 비유했다. 호수가 가장 큰 것은 아니지만 깨끗하고 고요하고 신비롭고 아늑한 모습을 지니고 있기 때문이다. 화자는 그리움을 억제하지 못하고, 그리움을 계속 지니고 있을 수도 없어서 눈을 감아 버린다. 눈을 감는다고 그리움이 사라질까? 눈을 감고 간절한 그리움을 차분한 심정으로 하나하나 마음속에 자리 잡도록 정리하는 것은 아닐까. 이를 내면화라 한다.

정지용(1902~1950)

시인. 참신한 이미지와 절제된 시어로 한국 현대 시의 성숙에 결정적인 기틀을 마련한 시인이다. 시집으로 "정지용 시집", "백록담" 등이 있다.

눈 감고 간다

윤동주

태양을 사모하는 아이들아
별을 사랑하는 아이들아

밤이 어두웠는데
눈 감고 가거라.

가진 바 씨앗을
뿌리면서 가거라.

발부리에 돌이 채이거든
감았던 눈을 *와짝 떠라.

* 와짝 기운이나 기세가 갑가지 커지는 모양.

감상 길잡이

태양을 사모하고 별을 사랑하는 아이들은 누구일까? 암담한 현실에 처한 아이들이다. '가진 바 씨앗을 / 뿌리면서 가거라.'라는 시구에서는 앞서 봤던 이육사의 '광야'에 나오는 '내 여기 가난한 노래의 씨를 뿌려라.'가 연상된다. 마지막 연에서 시인은 하고자 하는 일을 누군가 막는다면 번쩍 눈을 뜨라고 말한다. 그것은 '대들어라'는 것이다. 마치 먹을 거, 입을 거, 말할 거 모두 빼앗겨 궁지에 몰린 쥐가 고양이를 물기 위해 덤비듯 말이다.

윤동주(1917~1945)

시인. 일제 강점기에 옥사한 시인으로 식민지 지식인의 고뇌를 다룬 시를 많이 썼다. 시집 "하늘과 바람과 별과 시"를 남겼다.

시 속으로

떨어져도 튀는 공처럼

1. '공'의 속성을 표현하고 있는 구절을 찾아보고, 공의 속성을 인간의 삶과 관련지어 말해 보자.

의자 7

2. 아침, 의자 등의 시어들이 지닌 특성은 무엇일까?

3. '묵은 이 의자'가 무엇을 의미하는지 생각해 보자.

저녁에

4. 이 시에 나타난 '별'과 '나'의 관계를 정리해 보자.

한 오큼

5. 이 시를 읽고 지금도 생생한 어린 시절을 떠올리며 그 느낌을 말해 보자.

호수 1

6. '호수만 한 그리움'은 어떤 그리움일까, 또 '눈을 감을 수밖에 없는 그리움'은 어떤 상황 속에 있다는 의미일까?

눈 감고 간다

7. '밤'의 함축적 의미는?

8. '감았던 눈을 와짝 떠라.'는 무슨 의미일까?

17.

/

해석의 근거

들어가며

시에 대해서 다양한 해석을 내리는 것도 중요하지만, 이러한 해석에 대해 이를 뒷받침하는 합리적인 근거를 함께 제시해야 그 해석이 타당하다는 것을 인정받을 수 있다. 만약 시에 대해서 해석을 내리면서도 이에 대한 근거를 제시하지 않는다면 그 해석에 대해 다른 사람들이 공감하거나 옳다고 생각하기 어렵기 때문이다. 시를 해석할 때 근거를 제시하면, 해석의 논리성과 타당성을 인정받을 수 있다. 하지만, 시에 대한 직접적인 해석이 어렵다면, 시에 관하여 해석의 근거가 분명하게 드러나 있는 비평문을 읽고, 이를 바탕으로 시에 대한 자신의 해석의 근거로 활용해 볼 수도 있다.

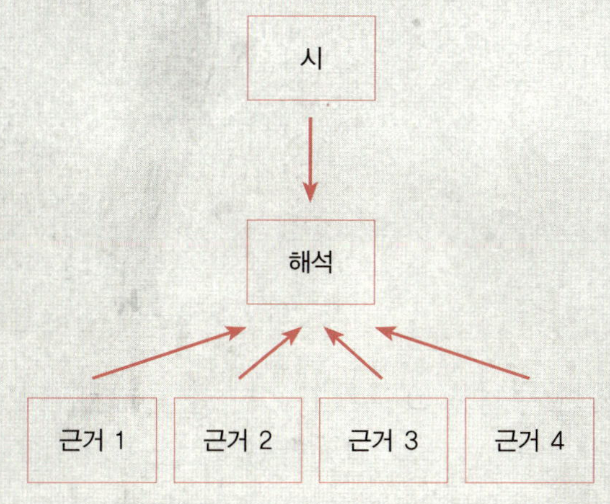

꽃

김춘수

내가 그의 이름을 불러 주기 전에는
그는 다만
하나의 몸짓에 지나지 않았다.

내가 그의 이름을 불러 주었을 때
그는 나에게로 와서
꽃이 되었다.

내가 그의 이름을 불러 준 것처럼
나의 이 빛깔과 향기에 알맞는
누가 나의 이름을 불러 다오.
그에게로 가서 나도
그의 꽃이 되고 싶다.

우리들은 모두
무엇이 되고 싶다.
너는 나에게 나는 너에게
잊혀지지 않는 하나의 눈짓이 되고 싶다.

김춘수(1922~2004)

시인. 초기에는 사물의 존재와 의미를 추구하는 시를 썼으나, 이후에는 모든 설명적 요소와 논리적 요소를 제거시키고, 언어의 이미지만을 추구하는 시를 썼다. 시집으로는 "꽃의 소묘", "김춘수 시집" 등이 있다.

감상 길잡이

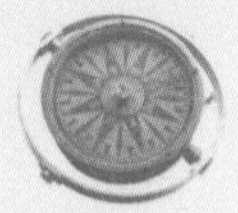

이 시는 '사람들이 대상을 어떻게 생각하고 받아들이는가'에 대한 시라고 할 수 있다. 이러한 관점에서 보면, 1연의 '나'는 '그'를 생각하고 받아들이는 사람이라고 볼 수 있다. 2연에서 내가 '그'의 이름을 부르는 것은 '그'라는 대상의 본질적인 모습을 생각하고 받아들이는 것이 되고, '그'가 '꽃'이 된다는 것은 나에게 의미 있는 존재가 된다는 것을 말한다. 3연에 이르면 이러한 나의 생각은 반대로 '나'가 '그'에게 의미 있는 존재가 되고 싶은 소망으로 바뀌게 된다. 여기서 '나'는 '나'의 본질적인 모습을 생각하고 받아들여 줄 누군가를 기다리고 있다고 볼 수 있다. 4연에서는 이러한 나의 소망이, 우리의 소망으로 넓어진다.

이 시를 다른 관점에서 사랑하는 사람에게 자신의 마음을 고백하는 시로도 볼 수 있다. 이러한 해석은 인간과 인간 사이의 관계에 더 많은 무게를 둔 해석이다. 이와 같은 관점에서 보면 1연과 2연에서 '나'가 '그'의 이름을 불러 줌으로 인해 내게 의미 있는 존재가 되었다고 볼 수 있으며, 3연은 반대로 '나'가 '그'에게 의미 있는 존재가 되고 싶다는 소망을 표현했다고 볼 수 있다. 이러한 관점에서 보면 마지막 4연은 '우리들'보다는 '나'와 '너'의 관계에 대한 해석이 중요해져 '너'와 '나'가 서로 의미 있는 관계를 형성하는 것으로 해석하게 된다.

김춘수의 '꽃'에 대한 이와 같은 해석은 독자의 가치와 경험, 관심, 수준에 따라 더 다양해질 수도 있다. 이를 올바로 해석하기 위해서는 위와 같이 시의 내용이나 형식, 표현 등을 바탕으로 한 근거를 제시해야 한다.

논개

변영로

거룩한 분노는
종교보다도 깊고
불붙는 정열은
사랑보다도 강하다.
아, 강낭콩 꽃보다도 더 푸른
그 물결 위에
양귀비꽃보다도 더 붉은
그 마음 흘러라.

아리땁던 그 아미
높게 흔들리우며
그 석류 속 같은 입술
죽음을 입 맞추었네!
아! 강낭콩 꽃보다도 더 푸른
그 물결 위에
양귀비꽃보다도 더 붉은
그 마음 흘러라.

변영로(1898~1961)

시인, 수필가. 그의 시들은 가락이 부드럽고 말씨가 정서적이며, 민족혼을 일깨우고자 하는 의도의 작품들도 있다. 시집 "조선의 마음", 수필집 "명정사십년" 등이 있다.

흐르는 강물은
길이길이 푸르리니
그대의 꽃다운 혼
어이 아니 붉으랴.
아, 강낭콩 꽃보다도 더 푸른
그 물결 위에
양귀비꽃보다도 더 붉은
그 마음 흘러라!

감상 길잡이

시인이 살아가는 시대는 일제 강점기였고 논개가 살았던 시대는 임진왜란 시기였다. 시인은 절망적인 상황 속에서 '논개'의 분노와 정열을 떠올리면서 나라를 위해 희생한 논개의 숭고한 정신이 아직도 강물로 흘러가고 있음을 보여 주고 있다. 특히 '강낭콩 꽃보다도 더 푸른 / 그 물결 위에 / 양귀비꽃보다도 더 붉은 / 그 마음 흘러라.'는 표현을 통해 논개의 숭고한 마음을 강조하고 있다. 이러한 푸른색과 붉은색의 강렬한 색체 대비는 논개의 충절을 효과적으로 드러낸다.

사랑하는 까닭

한용운

내가 당신을 사랑하는 것은
까닭이 없는 것이 아닙니다.
다른 사람들은 나의 *홍안만을 사랑하지마는
당신은 나의 백발도 사랑하는 까닭입니다.

내가 당신을 그리워하는 것은
까닭이 없는 것이 아닙니다.
다른 사람들은 나의 미소만을 사랑하지마는
당신은 나의 눈물도 사랑하는 까닭입니다

내가 당신을 기다리는 것은
까닭이 없는 것이 아닙니다.
다른 사람들은 나의 건강만을 사랑하지마는
당신은 나의 죽음도 사랑하는 까닭입니다.

*홍안 붉은 얼굴이라는 뜻. 젊어서 혈색이 좋은 얼굴을 이르는 말.

감상 길잡이

이 시에서 당신은 나의 '백발', '눈물', '죽음'까지도 사랑하는 사람이다. 이를 통해 보면 당신이라는 사람은 나에게 많은 관심을 가지고 진심으로 걱정하고 염려하는 사람이라는 걸 알 수 있다. 이것이 내가 당신을 사랑하는 까닭인 것이다. 나의 주변에도 이와 같이 나에게 관심을 가지고 진심으로 걱정하고 염려하는 사람이 있을까? 아마도 그 사람이 바로 여러분을 진정으로 사랑하는 부모님, 선생님, 친구들일 것이다.

한용운(1879~1944)

독립운동가, 승려, 시인. 호는 만해(萬海). 불교 사상을 바탕으로 철학적 사색과 신비적 명상세계를 형상화한 시를 많이 썼다. 주요 작품으로는 '사랑하는 까닭', '나룻배와 행인', '님의 침묵' 등이 있다.

엄마 걱정

기형도

열무 삼십 단을 이고
시장에 간 우리 엄마
안 오시네, 해는 시든 지 오래
나는 찬밥처럼 방에 담겨
아무리 천천히 숙제를 해도
엄마 안 오시네, 배추 잎 같은 발소리 타박타박
안 들리네, 어둡고 무서워
금 간 창틈으로 고요히 빗소리
빈방에 혼자 엎드려 훌쩍거리던
아주 먼 옛날
지금도 내 눈시울을 뜨겁게 하는
그 시절, 내 유년의 윗목

감상 길잡이

엄마는 '열무 삼십 단'을 이고 시장에 가셨고 해가 저물도록 돌아오지 않는다. 나는 숙제도 해 보고 빗소리를 들으며, 밤늦게 돌아오시게 될 어머니를 걱정하며 기다리고 있다. 시적 화자는 이미 어른이 된 사람이고, 어린 시절의 기억을 떠올리며 시를 쓰고 있다. 시적 화자는 어린 시절 자신의 불우했던 모습을 '찬밥'에 비유하고 있다. '빈방', '윗목' 등의 쓸쓸하고 차가운 시어들을 통해 감각적으로 어린 시절의 기억을 풀어내고 있다.

기형도(1960~1989)

주로 유년의 우울한 기억이나 도시인들의 삶을 담은 독창적이면서 개성이 강한 시들을 발표하였다. 주요 저서로는 "입 속의 검은 잎", "짧은 여행의 기록", "기형도 전집" 등이 있다.

찬밥

문정희

아픈 몸 일으켜 혼자 찬밥을 먹는다
찬밥 속에 서릿발이 목을 쑤신다
부엌에는 각종 전기 제품이 있어
일 분만 단추를 눌러도 따끈한 밥이 되는 세상
찬밥을 먹기도 쉽지 않지만
오늘 혼자 찬밥을 먹는다
가족에겐 따스한 밥 지어 먹이고
찬밥을 먹던 사람
이 빠진 그릇에 찬밥 훑어
누가 남긴 무 조각에 생선 가시를 핥고
몸에서는 제일 따스한 사랑을 뿜던 그녀
깊은 밤에도
혼자 달그락거리던 그 손이 그리워
나 오늘 아픈 몸 일으켜 찬밥을 먹는다
집집마다 신을 보낼 수 없어
신 대신 보냈다는 설도 있지만
홀로 먹는 찬밥 속에서 그녀를 만난다
나 오늘
세상의 찬밥이 되어

문정희(1947~)

시인. 우리 사회의 여성 억압적인 현실과 여성의 사랑과 욕망 등에 대한 작품을 주로 썼다. 주요 작품으로 '새떼', '찔레', '오라, 거짓 사랑아' 등이 있다.

부모님들은 때로는 아이들에게 더운밥을 양보하고 찬밥을 먹는다. 시적 화자는 전자레인지로 1분이면 따뜻한 밥을 먹을 수 있는데도 찬밥을 먹고 있다. 아마도 가족들에게 따뜻한 밥을 올리고, 정작 자신은 찬밥을 먹어야 했던 어머니의 마음을 이해하고 공감하기 위한 행동일 것이다. 가족들이 먹고 난 찬밥, 무 조각, 생선 가시를 먹고 있지만 제일 따스한 사랑을 지닌 어머니, 이러한 어머니의 사랑과 헌신의 마음을 생각해 볼 수 있는 시다.

사투리

박목월

우리 고장에서는
오빠를
오라베라 했다.
그 무뚝뚝하고 왁살스러운 악센트로
오오라베 부르면
나는
앞이 칵 막히도록 좋았다.

나는 머루처럼 투명한
밤하늘을 사랑했다.
그리고 오디가 샛까만
뽕나무를 사랑했다.
혹은 울타리 섶에 피는
이슬마꽃 같은 것을……
그런 것은
나무나 하늘이나 꽃이기보다
내 고장의 그 사투리라 싶었다.

박목월(1916~1978)

시인. 향토적 서정성을 심화시킨 시인이다. 조지훈, 박두진과 함께 청록파 시인으로 활동했다. 시집으로 "산도화", "청담" 등이 있고, 수필집 "구름의 서정", "행복의 얼굴" 등이 있다.

참말로
경상도 사투리에는

약간 풀 냄새가 난다.
약간 이슬 냄새가 난다.
그리고 입안에 마르는
황토흙 타는 냄새가 난다.

감상 길잡이

이 시에는 정겨운 경상도 지방 사투리가 시의 중심 소재로 쓰이고 있다. 경상도 지방에서는 오빠라는 말을 '오오라베'라고 부른다. 이 시의 화자는 아마도 경상도 사람으로 '오오라베'라는 말을 앞이 칵 막히도록 좋아하는 사람이다. 이 사투리가 이 지역에 사는 사람에게는 고향의 풀 냄새, 이슬 냄새, 흙냄새처럼 정겨운 말로 여겨지는 것이다. 좋은 시는 주변의 사물과 삶에 대해 주의 깊은 관심과 애정에서 출발한다는 사실을 떠올리게 하는 시다.

시 속으로

꽃

1. 시적 화자는 누구인지 말해 보자.

논개

2. '논개'에 나타난 시대적 현실에 대한 해석이다. 빈칸에 알맞은 말을 써 넣어 보자.

'논개'는 일제 강점기에 자신의 몸을 던지면서까지 우국충절을 실천한 의로운 기생 논개의 이야기를 시로 형상화함으로써 민족적인 (   )을 고취하고 있다.

사랑하는 까닭

3. 이 시를 쓴 시인에 대한 다양한 평가이다. 아래의 관점에서 시를 본다면 시의 해석이 어떻게 달라질지 생각해 보고, 빈칸에 알맞은 말을 써 보자.

당시는 일제 강점기였고 시인이 민족을 대표하는 지도자였음을 고려할 때, 시적 화자의 백발과 눈물, 죽음까지도 사랑해 줄 수 있으며, 또한 시적 화자가 백발이 되고, 눈물을 흘리고 죽음을 앞에 두고까지 사랑하고 기다리고, 그리워하는 대상은 (   )의 독립이라고 볼 수 있다.

엄마 걱정

4. 아래는 이 시에 대해 해석이다. 이러한 해석을 뒷받침할 수 있는 근거를 찾아 정리해 보자.

> '엄마 걱정'은 어린 시절 화자의 '그 어느 하루'를 제시함으로써 화자의 정서와 심리를 섬세하게 묘사하고 있다.

엄마 걱정, 찬밥

5. 두 편의 시의 공통점에 대해 말해 보자.

사투리

6. '머루'에는 어떤 감각이 나타나 있는가?

엄마 걱정, 찬밥, 사투리

7. 세 편의 시를 가장 잘 이해하고, 해석할 수 있는 사람은 누구인지 각각 정리해 보자.

18.

/

감상의 방법

들어가며

시를 감상하는 것은 시 속의 아름다움을 살펴 찾아보고 이를 의미 있는 체험으로 받아들이는 것이다. 시 작품은 시에 표현된 세계를 감동적으로 느끼며 받아들일 때 의미 있는 것이 된다. 우리가 시에서 느끼는 아름다움은 시에서 이야기하고 있는 내용으로 인한 아름다움과 시의 독특한 형식에서 느낄 수 있는 아름다움으로 나누어 볼 수 있다. 하지만, 우리는 시를 감상할 때 형식과 내용이 조화된 한 편의 시를 읽으며 감상하기 때문에 이러한 형식과 내용의 아름다움은 서로 나누어지기보다는 시를 감상하는 과정에서 복합적으로 어우러져 동시에 작용하는 것으로 볼 수 있다.

시를 감상하는 방법	
직관에 의한 감상	분석에 의한 감상
작품에 표현된 가치나 아름다움에 대해 분석의 과정을 거치지 않고 직접적으로 파악하는 방법	작품의 형식적 구조나 내용적인 아름다움을 지닌 부분을 타당한 근거를 바탕으로 풀어 나가면서 감상하는 방법

어떤 시 작품은 주로 직관의 방법을 통해서, 어떤 시 작품은 주로 분석의 방법으로 이해하고 감상하는 것이 효과적일 수 있지만, 대부분의 작품에서는 이 두 가지 방법을 모두 활용할 때 시를 더욱 깊고 효과적으로 감상할 수 있다.

별헤는 밤

윤동주

계절이 지나가는 하늘에는
가을로 가득 차 있습니다.

나는 아무 걱정도 없이
가을 속의 별들을 다 헤일 듯합니다.

가슴속에 하나 둘 새겨지는 별을
이제 다 못 헤는 것은
쉬이 아침이 오는 까닭이요,
내일 밤이 남은 까닭이요,
아직 나의 청춘이 다하지 않은 까닭입니다.

별 하나에 추억과
별 하나에 사랑과
별 하나에 쓸쓸함과
별 하나에 동경과
별 하나에 시와
별 하나에 어머니, 어머니.

윤동주(1917~1945)

시인. 일제 강점기에 옥사한 시인으로 식민지 지식인의 고뇌를 다룬 시를 많이 썼다. 시집 "하늘과 바람과 별과 시"를 남겼다.

어머님, 나는 별 하나에 아름다운 말 한 마디씩 불러 봅니다. 소학교 때 책상을 같이했던 아이들의 이름과 패, 경, 옥, 이런 이국 소녀들의 이름과, 벌써 아기 어머니 된 계집애들의 이름과, 가난한 이웃 사람들의 이름과, 비둘기, 강아지, 토끼, 노새, 노루, '프랑시스 잠', '라이너 마리아 릴케', 이런 시인의 이름을 불러 봅니다.
이네들은 너무나 멀리 있습니다.
별이 아슬히 멀듯이.

어머님,
그리고 당신은 멀리 북간도에 계십니다.

나는 무엇인지 그리워
이 많은 별빛이 내린 언덕 위에
내 이름자를 써 보고,
흙으로 덮어 버리었습니다.

딴은 밤을 새워 우는 벌레는
부끄러운 이름을 슬퍼하는 까닭입니다.

그러나 겨울이 지나고 나의 별에도 봄이 오면,
무덤 위에 파란 잔디가 피어나듯이
내 이름자 묻힌 언덕 위에도
자랑처럼 풀이 무성할 거외다.

감상 길잡이

이 시는 밤하늘의 별을 바라보며 떠오르는 마음속의 생각과 어린 시절의 추억을 노래하고 있다. 시적 화자는 이러한 생각에서 그치지 않고 일제 강점기 속에서 무기력하게 살아가는 자신의 부끄러운 모습을 되돌아보고 미래에 대한 희망을 그리고 있다.

이 시는 직관적으로 보면 과거에 대한 추억을 회상하며 부끄러움의 정서를 표현하고 있다. 가을밤의 하늘에 빛나는 별을 통해 추억과, 사랑, 쓸쓸함, 동경, 시, 어머니, 그리고 어린 시절의 추억들을 그려 보면서도 이것이 지금의 화자와는 너무 멀리 떨어져 있다고 생각하며 부끄러움을 느끼고 있다. 하지만, 이 시의 화자는 여기서 그치지 않고 자신의 희생을 통해서도 희망이 계속될 것임을 믿고 있다. 이와 같은 직관적인 해석과 감상은 이 시가 지닌 운율이나 어조, 심상 등을 통해서 뒷받침되고 있다. 자유시와 산문시로 교차되는 운율, 차분하면서도 여성적 어조, 그리고 별의 이미지를 중심으로 그려지는 동화적인 심상이 모두 화자의 부끄러움의 정서와 관련되고 있다.

이 시는 형태적으로 볼 때 '~습니다.'로 끝난다. 이와 같은 어조는 별을 매개로 하여 자신의 과거를 차분히 생각해 보고, 자신을 반성하는 과정을 통해 만들어진 것이다. 특히 북간도에서 함께했던 어린 시절의 추억과 어머니를 떠올리며 현재의 자신의 부끄러움을 표현하고 있는 부분에서 이러한 반성적인 성찰과 어조가 분명히 드러난다.

묵화

김종삼

물먹는 소 목덜미에
할머니 손이 얹혀졌다.
이 하루도
함께 지났다고,
서로 발잔등이 부었다고,
서로 적막하다고,

감상 길잡이

'묵화'는 사전에서 '먹으로 짙고 엷음을 이용하여 그린 그림'을 의미하는 '수묵화'를 줄여 부르는 말이다. 수묵화에서 보는 여백의 아름다움을 느끼게 해 주는 시로, 하루 일을 끝낸 할머니와 소가 등장한다. 할머니의 손이 소의 목덜미에 얹혀졌다는 장면을 통해 말이 없이도 할머니와 소가 교감하고 있음을 알 수 있다. 서로 적막하고 발잔등이 부을 정도로 농사일은 힘들고 고되지만, 교감이 있기에 이 둘을 그린 수묵화가 아름다울 수 있다.

김종삼(1921~1984)

초기에는 순수시를 지향하였으나 이후 점차 현대인의 절망 의식을 상징하는 정신적 방황의 세계를 추구하였으며, 과감한 생략을 통한 여백의 미를 중시하였다. 시집으로는 "십이음계", "북치는 소년" 등이 있다.

참 좋은 당신

김용택

어느 봄날
당신의 사랑으로
응달지던 내 뒤란에
햇빛이 들이치는 기쁨을
나는 보았습니다.
어둠 속에서 사랑의 불가로
나를 가만히 불러내신 당신은
어둠을 건너온 자만이
만들 수 있는
밝고 환한 빛으로
내 앞에 서서
들꽃처럼 깨끗하게
웃었지요
아,
생각만 해도
참
좋은
당신.

김용택(1948~)

시인. 섬세한 시어와 서정적인 가락을 바탕으로 농촌의 현실을 노래하였다. 주요 저서로 "섬진강", "그 여자네 집", "수양버들" 등이 있다.

 **감상 길잡이**

시적 화자가 말하고 있는 '참 좋은 당신'은 어둠을 건너와 밝고 환한 빛으로 웃고 있는 사람이다. 이 시에서 당신은 슬픔에 빠져 응달지던 어둠 속에서 있던 시적 화자를 사랑의 불가로 올 수 있도록 인도한다. 당신이라는 존재는 시적 화자에게 행복이 들이치는 기쁨을 선사한다. 당신의 존재에 대한 화자의 마음은 마지막 부분에서 한 행, 한 행, 한 글자, 한 글자로 진심을 담아 표현하고 있는 '참 좋은 당신'이라는 말에 잘 드러나고 있다.

낙화

이형기

가야 할 때가 언제인가를
분명히 알고 가는 이의
뒷모습은 얼마나 아름다운가.

봄 한 철
*격정을 인내한
나의 사랑은 지고 있다.

*분분한 낙화……
결별이 이룩하는 축복에 싸여
지금은 가야 할 때,

무성한 녹음과 그리고
머지않아 열매 맺는
가을을 향하여

나의 청춘은 꽃답게 죽는다.

* 격정 강렬하고 갑작스러워 누르기 어려운 감정.
* 분분하다 여럿이 한데 뒤섞여 어수선하다.

이형기(1933~2005)

시인. 대표 시로는 '죽지 않은 도시'가 있으며 시집으로는 "적막강산", "그해 겨울의 눈" 등이 있다.

헤어지자
섬세한 손길을 흔들며
*하롱하롱 꽃잎이 지는 어느 날

나의 사랑, 나의 결별,
샘터에 물 고이듯 성숙하는
내 영혼의 슬픈 눈.

* 하롱하롱 작고 가벼운 물체가 떨어지면서 잇따라 흔들리는 모양을 나타내는 말.

감상 길잡이

'낙화'는 꽃이 떨어진다는 뜻이다. 시적 화자는 꽃이 떨어지는 봄날의 풍경을 바라보고 있다. 화자는 꽃이 떨어지는 현상에서 자연의 이치를 발견하고, 이를 통해 삶의 아픔과 슬픔에 대한 소중한 깨달음을 얻는다. 1연은 낙화의 아름다움을, 2연과 3연은 낙화의 아쉬움과 슬픔을, 4연은 낙화의 희생적인 모습을, 마지막 연은 낙화를 통한 영혼의 성숙을 각각 노래하고 있다. 이별이 슬픔이나 아픔만이 아닌 성숙의 한 과정이라는 사실을 생각해 볼 수 있는 시다.

종례 시간

도종환

얘들아 곧장 집으로 가지 말고
코스모스 갸웃갸웃 얼굴 내밀며 손 흔들거든
너희도 코스모스에게 손 흔들어 주며 가거라
쉴 곳 만들어 주는 나무들
한 번씩 안아 주고 가거라
머리털 하얗게 셀 때까지 아무도 벗해 주지 않던
강아지풀 말동무해 주다 가거라

얘들아 곧장 집으로 가
만질 수도 없고 향기도 나지 않는
공간에 빠져 있지 말고
구름이 하늘에다 그린 크고 넓은 화폭 옆에
너희 좋아하는 짐승들도 그려 넣고
바람이 해바라기에게 그러듯
과꽃 분꽃에 입 맞추다 가거라

도종환(1954~)

시인. 진솔한 삶에 대한 아름다움과 절실한 감동을 주는 시를 많이 썼다. 주요 저서로는 시집 "고두미 마을에서", "접시꽃 당신", "슬픔의 뿌리", 산문집 "사람은 누구나 꽃이다" 등이 있다.

얘들아 곧장 집으로 가 방 안에 갇혀 있지 말고
잘 자란 볏잎 머리칼도 쓰다듬다 가고
송사리 피라미 너희 발 간질이거든
너희도 개울물 허리에 간지럼 먹이다 가거라
잠자리처럼 양팔 날개 하여
고추밭에서 노을 지는 하늘 쪽으로
날아가다 가거라

감상 길잡이

종례 시간은 수업이 끝나는 시간이면서 선생님의 전달과 당부가 이어지는 시간이다. 시인은 종례 시간의 형식을 통해 시적 화자를 선생님으로 설정하고 아이들에게 당부하고 싶은 말을 차분하게 이어 나가고 있다. 1, 2, 3연 모두 자연과 어울리며 상상력을 마음껏 펼쳐 보고, 자연의 공간에서 뛰어 놀라는 당부가 담겨 있다. 이 시에서는 자연물을 사람처럼 의인화하여 표현하고 있다. 시인은 자연 속에서 아이들이 마음껏 뛰놀며 성장했으면 하는 바람을 드러내고 있다.

우리가 눈발이라면

안도현

우리가 눈발이라면
허공에서 쭈빗쭈빗 흩날리는
진눈깨비는 되지 말자.
세상이 바람 불고 춥고 어둡다 해도
사람이 사는 마을
가장 낮은 곳으로
따뜻한 함박눈이 되어 내리자.
우리가 눈발이라면
잠 못 든 이의 창문가에서는
편지가 되고
그이의 깊고 붉은 상처 위에 돋는
새 살이 되자.

감상 길잡이

눈에도 다양한 종류가 있다. 가랑비처럼 조금씩 잘게 내리는 가랑눈, 싸라기처럼 내리는 싸라기눈, 비가 섞이지 않고 내리는 마른눈, 비가 섞여 내리는 진눈깨비, 굵고 탐스럽게 내리는 함박눈 등. 시적 화자는 진눈깨비가 되지 말고 함박눈이 되어 내리자고 말한다. 여기서 진눈깨비는 사람들에게 불편과 고통을 주는 존재지만, 함박눈은 사람들에게 힘과 위로가 되는 존재로 대조를 이루고 있다. 여기서 더 나아가 이웃과 더불어 따뜻하게 살고 싶은 소망을 말하는 시다.

안도현(1961~)

시인. 전통적 서정시에 뿌리를 두고 있으면서도 개인적 체험을 주로 노래하면서 민족과 사회의 현실을 섬세한 감수성으로 그려 내는 시인이다. 주요 저서로는 "서울로 가는 전봉준", "그리운 여우", "바닷가 우체국" 등이 있다.

시 속으로

별헤는 밤

1. 화자는 과거에 대한 추억과 회상을 통해 어떤 정서를 드러내고 있는가?

묵화

2. 이 시에 나타난 시적 표현의 효과에 대한 설명이다. 빈칸을 채워 보자.

> 먹으로 그린 그림이라는 의미의 제목처럼 할머니와 소가 이루는 (　　　)을 절제된 언어로 담백하게 구성함으로써 할머니와 소의 따뜻한 관계와 적막함을 효과적으로 표현하고 있다.

참 좋은 당신

3. 이 시는 두 가지 시각적인 이미지를 통해 의미를 대조하고 있다. 이 두 가지 이미지는 무엇인가?

낙화

4. 이 시에 대한 설명이다. 빈칸에 들어갈 말을 완성해 보자.

> 자연 현상을 인생에 비유하여 표현한 시로 이별의 긍정적인 의미를 (　　)적으로 표현하고 있다.

별헤는 밤, 참 좋은 당신, 낙화

5. 세 편의 시의 화자의 태도와 주제 면에서 갖는 공통점에 대하여 써 보자.

종례 시간

6. 이 시는 아이들이 자연 속에서 꿈을 키우며 살기를 바라는 누군가의 마음이 나타나 있다. 누구의 마음인가?

종례 시간, 우리가 눈발이라면

7. 두 편의 시는 예상 독자를 설득하려는 모습을 보이고 있다. 두 시에 나타난 어조의 차이점에 대해 설명해 보자.

19.

/

창작의 과정

들어가며

시의 창작은 개인의 삶과 사회에 대한 성찰과 깨달음으로부터 시작되는 경우가 많다. 자신의 주변 일상을 세밀하게 살피거나 그동안의 삶의 경험을 되돌아보면서 문제의식을 가지고 의미 있는 생각과 내용을 마련해 나간다면, 시에서 중요한 중심 소재나 주제 등을 찾아낼 수 있다. 이러한 소재와 이야기는 좋은 시로 재구성될 수 있는 좋은 재료가 된다.

개인의 삶과 사회에 대해 의미 있는 경험을 바탕으로 시의 제재를 마련했다면, 시로 표현하는 과정을 거쳐야 한다. 시는 일반적으로 연상하기, 시상 전개 생각해 보기, 표현하기, 고쳐 쓰기 단계를 통해 표현된다. 먼저 연상하기는 선택된 제재를 바탕으로 시의 제재와 관련된 심상과 비유, 상징적 의미를 떠올려 보는 단계이며, 시상 전개 생각해 보기 단계에서는 연상하기에서 떠올린 비유나 상징, 심상 등을 어떻게 배열하고 표현할 것인가에 대해 생각해 본다. 표현하기 단계는 생략과 함축 등의 압축적인 언어 표현으로 제재와 시상 전개에 적합한 시어를 선택하여 실제 시를 표현하고, 고쳐 쓰기 단계에서는 시 창작 과정을 돌아보며, 비유나 상징, 심상이 잘 표현되었는지 살펴보고, 시적 전개와 시어 선택이 적절한지를 검토한다.

김광섭 시인에게

김유선

60년대 초 당신이 살던 마을에서는 비둘기들이 쫓겨
돌부리를 쪼아 먹이를 구했다지요
20여 년이 지난 지금 채석장도 없어진 지금
비둘기를 보려면
도심으로 들어와 시청 광장쯤에서
팝콘을 뿌려야지요
순식간에 몰려드는 비둘기 떼
겁 없이 손등까지 올라와
만져도 도망가지 않고
소리쳐도 그냥 얌전히 팝콘을 먹지만
나머지 부스러기 하나마저 먹으면
올 때처럼 어디론지 사라져버리는
비둘기 떼
비둘기를 만날 수 있어요, 그 때에는
눈으로 손으로 애원해도
다시 오지 않아요.

김유선(1950~)

시인. 1983년 "현대문학"으로 등단하였다. 시집으로는 "놓친 마음 찾기", "빈집", "은유의 물" 등이 있다.

감상 길잡이

김유선의 '김광섭 시인에게'는 김광섭 시인의 시 '성북동 비둘기'를 소재로 하여, 이를 새롭게 해석하여 현대 사회의 문제점을 보여 주고 있다. 두 시는 모두 '비둘기'를 통해 사회 문제를 제시하고 있다. 하지만 1960년대에 발표된 김광섭의 '성북동 비둘기'가 급격한 산업화로 인해 파괴되는 자연의 가치를 비판하고 있다면, 1980년대에 발표된 김유선의 '김광섭 시인에게'는 이미 발전된 도시의 문명 속에서 이기적으로 살아가는 사람들의 모습을 비판하고 있다.

'김광섭 시인에게'는 '성북동 비둘기'에서 영감을 얻어 쓴 시로, '김광섭' 시인에게 화답하는 형태로 구성되어 있다. 시인은 이와 같은 구성을 통해, 1960년대와 1980년대의 시대적 현실을 비교하고 대조하여 표현함으로서 개인과 사회의 문제가 해결되지 않고, 더욱 심화되고 있음을 효과적으로 나타내고 있다. 또한 이 시에서는 '비둘기'라는 존재를 통해서 이기적으로 살아가는 도시의 소시민들을 우회적으로 비판하고 있는데, 이는 '성북동 비둘기'에서 소외된 인간과 파괴된 자연을 의미했던 '비둘기'를 불쌍하게 바라보고 긍정했던 것과는 상반된 입장을 보이고 있다.

또한 이 시에서는 마지막 부분에 '그 때에는'이라는 말을 한 행 위로 올려 표현하는 '행간걸침'을 통해 먹이 외에는 관심이 없는 비둘기의 모습과 이와는 너무도 먼 마음의 거리감을 갖게 된 사람의 정서를 대비하여 현대 사회가 지닌 문제점을 더욱 강하게 부각시키고 있다.

산은 옛 산이로되

황진이

산은 옛 산이로되 물은 옛 물 아니로다
밤낮으로 흐르거든 옛 물이 있을쏘냐
사람도 물과 같도다 가고 아니 오는도다

감상 길잡이

황진이의 시조는 이별이나 사랑에 대한 인간의 진솔한 마음을 주로 인간과 자연의 대비를 통해서 표현했다. 시인은 산은 옛날과 변함이 없는데 물은 밤낮으로 흘러가기 때문에 옛날 물이 있을 수 없다고 말하며, '인걸', 즉 뛰어난 인재도 물과 같아서 가고는 오지 않는다고 말한다. '인걸'을 일반 사람으로 보면, 자연과 달리 변할 수밖에 없는 인간 세상을 노래한 시조가 되고, '인걸'을 사랑하는 임으로 보면, 가고 돌아오지 않는 임을 그리워하는 노래가 된다.

황진이(?~?)

시인. 조선 시대 가장 유명한 기생이다. 학식과 예술성을 갖춘 시와 그림에 뛰어났으며 금강산을 비롯한 산천을 감상하며 조선 시대의 여성과는 다른 삶을 살았다. '동짓달 기나긴 밤을~' 등 시조 4수와 한시 2수가 있다.

참회록

윤동주

파란 녹이 낀 구리 거울 속에
내 얼굴이 남아 있는 것은
어느 왕조(王朝)의 유물(遺物)이기에
이다지도 욕될까.

나는 나의 참회(懺悔)의 글을 한 줄에 줄이자.
—만 이십사 년 일 개월을
  무슨 기쁨을 바라 살아 왔던가.

내일이나 모레나 그 어느 즐거운 날에
나는 또 한 줄의 참회록(懺悔錄)을 써야 한다.
—그때 그 젊은 나이에
  왜 그런 부끄런 고백(告白)을 했던가.

밤이면 밤마다 나의 거울을
손바닥으로 발바닥으로 닦아 보자.

그러면 어느 운석(隕石) 밑으로 홀로 걸어가는
슬픈 사람의 뒷모양이
거울 속에 나타나 온다.

윤동주(1917~1945)

시인. 일제 강점기에 옥사한 시인으로 식민지 지식인의 고뇌를 다룬 시를 많이 썼다. 시집 "하늘과 바람과 별과 시"를 남겼다.

감상 길잡이

'참회록'이라고 하면 자기의 잘못에 대한 반성을 담은 기록으로, 이 시는 시인 윤동주의 반성이 담겨 있다. 1연에서는 나라의 주권을 잃고 살아가는 자신에 대한 부끄러움, 2연에서는 24년 동안의 자신의 삶에 대한 반성, 3연에서는 젊은 나이에 무기력할 수밖에 없는 자신의 삶에 대한 참회가 나타난다. 4연에서는 이렇게 절망적인 상황에서 거울을 닦으며 자신을 성찰하고자 노력하는 모습이 그려지고, 5연에서는 거울을 통해 바라 본 자신의 슬픈 운명을 보게 된다.

단추를 채우면서

천양희

단추를 채워 보니 알겠다. 세상이 잘 채워지지 않는다는 걸
단추를 채우는 일이
단추만의 일이 아니라는 걸
단추를 채워 보니 알겠다
잘못 채운 첫 단추, 첫 연애, 첫 결혼, 첫 실패
누구에겐가 잘못하고
절하는 밤
잘못 채운 단추가 잘못을 깨운다
그래 그래 산다는 건
옷에 매달린 단추의 구멍 찾기 같은 것이야
단추를 채워 보니 알겠다
단추도 잘못 채워지기 쉽다는 걸
옷 한 벌 입기도 힘들다는 걸.

감상 길잡이

이 시는 누구나 겪었을 단추 채우기 경험을 통해 알게 된 우리 삶의 문제에 대해 이야기하고 있다. 시인은 잘못 채운 단추가 잘못을 일깨운다는 사실과, 산다는 것이 단추의 구멍을 찾고 채우는 것처럼 쉽지 않은 것임을 말하고 있다. 시적 화자는 단추를 채워 옷 한 벌을 입는 것도 힘들다고 시를 마무리하고 있지만, 이 속에는 단추를 잘못 채웠을 때에도 절망하지 말고, 새로 단추를 채우는 것처럼 새롭게 시작할 수 있다는 의미도 포함되어 있다.

천양희(1942~)

시인. 고독과 허무를 잔잔한 음성으로 노래한 시편들을 주로 발표하였다 시집으로는 "신이 우리에게 묻는다면", "사람 그리운 도시", "마음의 수수밭", "오래된 골목", "너무 많은 입" 등이 있다.

풀꽃

나태주

자세히 보아야
예쁘다.

오래 보아야
사랑스럽다.

너도 그렇다.

감상 길잡이

풀꽃은 들에서 흔히 볼 수 있어서 사람들의 관심을 받기 어려운 꽃이다. 시인은 이렇게 지나치기 쉬운 들꽃에 관심을 가지며, 우리에게 '자세히 보아야, 오래 보아야' 만이 풀꽃이 지닌 예쁨과 사랑스러움 등의 의미와 가치를 찾고 부여할 수 있다고 말하고 있다. 이는 모든 삶에 해당하는 이야기다. 시적 화자는 아무리 평범하고 특별하지 않은 존재라고 하여도, 우리가 관심을 가지고 오랫동안 자세히 본다면 예쁘고 사랑스럽다는 이야기를 전하고 있다.

나태주(1945~)

시인. 전통적 서정성을 바탕으로 자연의 아름다움, 신비로움, 미묘함, 삶의 정경, 인정과 사랑의 연연함 등을 노래하였다. 주요 저서로는 "대숲 아래서", "빈손의 노래", "산촌엽서" 등이 있다.

호박꽃 바라보며 -어머니 생각

정완영

*분단장 모른 꽃이, 몸단장도 모른 꽃이
한 여름 내도록을 뙤약볕에 타던 꽃이
이 세상 젤 큰 열매 물려주고 갔습니다.

*분단장 얼굴에 분을 발라서 예쁘게 꾸미는 일.

감상 길잡이

현대 시조이다. 시적 화자는 어머니를 호박꽃에 비유하고 있다. 초장을 보면 호박꽃은 단장을 모른다고 말하고 있는데, 어머니가 그동안 꾸미지 않고 살아왔음을 알 수 있다. 중장으로 가면 호박꽃은 뜨거운 여름 뙤약볕에 탔다고 말하고 있는데, 한 여름의 뙤약볕은 시련과 고난과 같은 어려움일 것이다. 종장에는 호박꽃이 세상에서 제일 큰 열매를 물려주고 갔다고 한다. 세상에서 가장 큰 호박 열매와 같은 큰 사랑을 남겨 두고 가신 어머니를 그리워하고 있는 것이다.

정완영(1919~)

시조 시인. 전통적 서정에 자연을 바라보는 마음을 조화시킨 작품을 많이 썼다. 주요 작품으로는 '조국', '산이 나를 따라와서', '아침 한때' 등이 있다.

시 속으로

김광섭 시인에게

1. 시인은 무엇을 비판하고 있는가?

산은 옛 산이로되

2. 이 시조에서 대조를 이루고 있는 것들을 써 보자.

참회록

3. '참회록'에 대한 설명이다. 빈칸에 들어갈 말을 써 보자.

'(　　)–(　　)–(　　)'의 시간의 흐름에 따른 전개되고 있다. 특히 '거울'을 통해 자아 성찰의 모습을 제시하고 있으며, 의문형의 자기 성찰적 어조를 활용하고 있다.

단추를 채우면서

4. '단추'는 어떤 특성을 지니고 있는 소재인지 써 보자.

풀꽃

5. 풀꽃은 어떤 속성을 지니고 있는 소재인지 말해 보자.

호박꽃을 바라보며 -어머니 생각

6. '큰 열매'는 무엇을 의미하는 말인지 써 보자.

풀꽃, 호박꽃을 바라보며 -어머니 생각

7. 두 편의 시는 어떤 방법으로 주제를 형상화하고 있는지 적어 보자.

20.

/

가치의 발견

들어가며

시에서는 인식적 가치, 미적 가치, 정서적 가치, 윤리적 가치와 같은 다양한 가치를 발견할 수 있다. 인식적 가치는 인간의 삶과 사회의 본질이 무엇인가에 대해 생각하는 가치이며, 미적 가치는 삶의 아름다움에 대해 생각해 보는 가치이다. 정서적 가치는 인간이 느낄 수 있는 정서에 대해서 공감하고 생각하게 하는 가치라면 윤리적 가치는 도덕적 규범이나 이에 대한 태도와 실천의 문제에 대해 생각하게 하는 가치이다. 우리는 시를 이해하고 감상하면서 이와 같은 가치의 문제를 비판적으로 성찰하게 된다.

따라서 시를 이해하고 감상할 때에는 이러한 시의 다양한 가치에 대해서 생각해 보며, 시를 읽은 독자들이 이를 공유하며 종합적으로 살펴보고 이를 마음속 깊이 내면화하는 것이 중요하다.

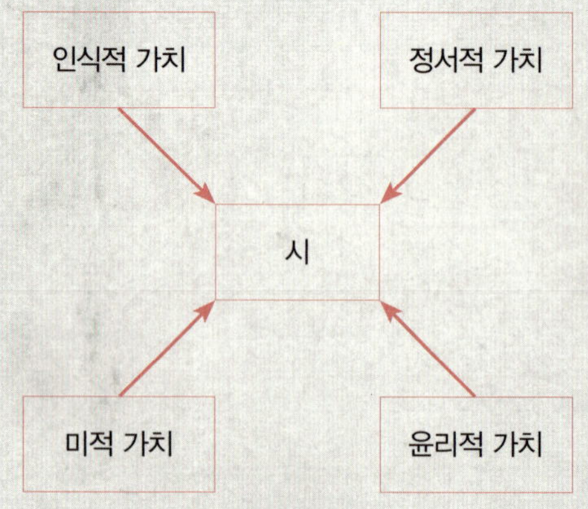

담쟁이

도종환

저것은 벽
어쩔 수 없는 벽이라고 우리가 느낄 때
그때
담쟁이는 말없이 그 벽을 오른다
물 한 방울 없고 씨앗 한 톨 살아남을 수 없는
저것은 절망의 벽이라고 말할 때
담쟁이는 서두르지 않고 앞으로 나아간다
한 뼘이라도 꼭 여럿이 함께 손을 잡고 올라간다
푸르게 절망을 다 덮을 때까지
바로 그 절망을 잡고 놓지 않는다.
저것은 넘을 수 없는 벽이라고 고개를 떨구고 있을 때
담쟁이 잎 하나는 담쟁이 잎 수천 개를 이끌고
결국 그 벽을 넘는다.

도종환(1954~)

시인. 진솔한 삶에 대한 아름다움과 절실한 감동을 주는 시를 많이 썼다. 주요 저서로는 시집 "고두미 마을에서", "접시꽃 당신", "슬픔의 뿌리", 산문집 "사람은 누구나 꽃이다" 등이 있다.

감상 길잡이

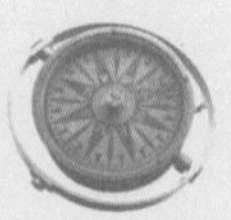

담쟁이는 담쟁이덩굴이라고도 불리는 식물이다. 담쟁이는 우리 주변에서 흔히 볼 수 있는 식물이다.

이 시는 모두가 좌절하고 절망할 때 담을 오르며 나아가는 담쟁이의 모습을 통해 현실의 고난과 시련을 이겨 내는 힘과 의지를 보여 주고 있다. 담쟁이는 수천 개의 잎이 함께 손을 잡고 벽을 넘어선다. 이런 모습을 통해 아무리 절망적인 상황이 오더라도 굴하지 않고 이를 극복해 나가는 생명력을 상징적으로 드러내고 있는 것이다.

이를 통해 우리는 단순한 자연물로만 생각해 왔던 담쟁이의 존재에 대한 새로운 인식적 가치를 발견하게 된다. 또한 연약해 보이는 잎과 줄기를 지닌 담쟁이가 여럿이 손을 잡고 넘을 수 없는 벽이라고 생각되었던 벽을 넘는 과정을 통해서, 젊음과 생명력이 가진 미적 가치와 희망과 도전이라는 정서적 가치를 확인하게 된다. 이를 내면화하면 우리는 '담쟁이'를 통해서 절망과 좌절에 굴하지 않고 모두가 하나가 되어 서서히 부정적 현실을 극복해 나가는 과정을 배울 수 있다. 이 시를 통해 인간과 사회의 새로운 발전 가능성과 힘을 발견하게 되고 이를 통해 성숙한 발전과 도전의 가치를 공유하게 된다.

질투는 나의 힘

기형도

아주 오랜 세월이 흐른 뒤에
힘없는 책갈피는 이 종이를 떨어뜨리리
그때 내 마음은 너무나 많은 공장을 세웠으니
어리석게도 그토록 기록할 것이 많았구나
구름 밑을 천천히 쏘다니는 개처럼
지칠 줄 모르고 공중에서 머뭇거렸구나
나 가진 것 탄식밖에 없어
저녁 거리마다 물끄러미 청춘을 세워 두고
살아온 날들을 신기하게 세어 보았으니
그 누구도 나를 두려워하지 않았으니
내 희망의 내용은 질투뿐이었구나
그리하여 나는 우선 여기에 짧은 글을 남겨 둔다
나의 생은 미친 듯이 사랑을 찾아 헤매었으나
단 한번도 스스로를 사랑하지 않았노라

감상 길잡이

시는 전체 14행으로 이루어진 시로 내용에 따라 크게 세 부분으로 나누어 볼 수 있다. 1, 2행은 미래에 지금 적게 되는 메모를 보게 될 것이라고 말한다. 3행~11행까지는 메모에 적히게 될 화자의 삶이 방황과 탄식으로 가득 찬 것이며 질투만으로 살아왔다고 말한다. 12행~14행까지는 스스로를 사랑하지 못한 자신에 대한 기록을 우선 남긴다고 말한다. 이 시는 젊은 날에 대한 반성적 성찰이 담긴 시다.

기형도(1960~1989)

주로 유년의 우울한 기억이나 도시인들의 삶을 담은 독창적이면서 개성이 강한 시들을 발표하였다. 주요 저서로는 "입 속의 검은 잎", "짧은 여행의 기록", "기형도 전집" 등이 있다.

들길에 서서

신석정

푸른 산이 흰 구름을 지니고 살듯
내 머리 위에는 항상 푸른 하늘이 있다.

하늘을 향하고 산림처럼 두 팔을 드러낼 수 있다는 것이 얼마나 숭고한 일이냐.

두 다리는 비록 연약하지만 젊은 산맥으로 삼고
*부절히 움직인다는 둥근 지구를 밟았거니…….

푸른 산처럼 든든하게 지구를 디디고 사는 것은 얼마나 기쁜 일이냐.

뼈에 저리도록 '생활'은 슬퍼도 좋다.
저문 들길에 서서 푸른 별을 바라보자…….

푸른 별이 바라보는 것은 하늘 아래 사는 거룩한 나의 일과이거니…….

* 부절히 끊이지 아니하고 계속.

신석정(1907~1974)

시인. 잔잔한 전원시적 정서를 담은 맑은 느낌의 시를 주로 창작하였다. 주요 작품으로는 '슬픈 목가', '꽃덤불', '들길에 서서' 등이 있다.

감상 길잡이

시적 화자는 고통스러운 현실 속에서도 긍정적으로 살 것을 다짐한다. 1, 2연에서는 푸른 산과 같이 희망을 품고 살아가는 삶의 숭고함에 대해서, 3, 4연에서는 연약하지만 굳센 의지로 살아가고자 하는 삶의 태도에 대해서, 5, 6연에서는 고통스러운 현실에서도 희망을 추구하는 삶의 자세에 대해서 말하고 있다. 이 시에는 저문 들길과 같은 어둠의 이미지와 푸른 하늘, 푸른 별과 같은 밝음의 이미지를 대조하여, 어둡고 고통스러운 현실 속에서도 시적 화자가 추구하고자 하는 이상을 잘 보여 주고 있다.

하늘

박두진

하늘이 내게로 온다.
여릿여릿
머얼리서 온다.

하늘은, 머얼리서 오는 하늘은
호수처럼 푸르다.

호수처럼 푸른 하늘에,
내가 안긴다. 온몸이 안긴다.

가슴으로, 가슴으로,
스미어드는 하늘,
향기로운 하늘의 호흡.

따가운 볕,
초가을 햇볕으론
목을 씻고,

박두진(1916~1998)

시인. 박목월, 조지훈과 함께 청록파 시인으로 활동하였으며, 시집으로 "오도", "해", "거미와 성좌", "수석열전" 등이 있다.

나는 하늘을 마신다
자꾸 목말라 마신다.

마시는 하늘에
내가 익는다.
능금처럼 내 마음이 익는다.

감상 길잡이

시인은 자연을 소재로 하여 인간의 가치와 희망에 대해서 시를 쓴 청록파 시인 중 한 명이다. 이 시는 '머얼리서 온다.'로 시작하여, '몸이 안긴다, 가슴으로 스미어 든다, 목을 씻는다, 하늘을 마신다.'로 발전한다. 시적 화자와 하늘과의 거리를 점점 가깝게 표현한 것이다. 7연의 '마음이 익는다'라는 부분에서는 평화로움과 풍요로움을 느낄 수 있으며 성숙에 이르는 상태가 잘 나타나 있다.

뜰

박성룡

나뭇잎은 손바닥처럼
담 너머에 핀다.
빛보다도 환한 그늘,
꽃보다도 밝은 그늘에 고여
나뭇잎들은 손바닥들처럼
뜰 귀에서 핀다.

어떤 것은 고사리 같은
어린놈들의 손바닥처럼
어떤 것은 나무껍질 같은
늙은이의 손바닥처럼
나뭇잎들은 핀다.

어떤 것은
악수를 하듯이 핀다.
어떤 것은
약속을 하듯이 핀다.
어떤 것은 또
박수를 치듯이 핀다.

박성룡(1934~)

시인. 그는 주로 전통적인 미의식과 자연의 질서를 추구하는 시를 발표했다. 주요 시집으로는 "가을에 잃어버린 것들", "춘하추동" 등이 있다.

감상 길잡이

시적 화자는 뜰에서 피어나는 다양한 모양의 나뭇잎을 바라보고 있다. 어떤 나뭇잎은 어린 아이의 손바닥처럼, 어떤 나뭇잎은 늙은이의 손바닥처럼 느껴지기도 한다. 3연에서는 사람의 손바닥과 같은 나뭇잎의 생동감이 더욱 강하게 느껴진다. 이 시는 나뭇잎을 의인화하여 나뭇잎을 생명력 넘치는 존재로 그리고 있다는 점에서 의미가 있다. 또한 모든 연에서 '핀다'라는 표현을 반복하면서, 나뭇잎이 계속 생동감 있게 피어난다는 의미를 강화하고 있다.

나무에 깃들여

정현종

나무들은
난 대로가 그냥 집 한 채
새들이나 벌레들만이 거기
깃들인다고 사람들은 생각하면서
까맣게 모른다 자기들이 실은
얼마나 나무에 깃들여 사는지를!

감상 길잡이

시 속의 나무는 '집 한 채'라는 말을 통해 새들과 벌레들이 깃들인, 이들에게 쉴 곳과 먹을 것을 제공하는 거대한 생명체로 그려진다. 하지만, 사람들은 이러한 나무의 생태계를 인식하면서도 정작 자신들이 나무에 깃들인, 즉 생태계의 일부임을 잊고 지내고 있다. 사람은 지구를 이루는 거대한 숲과 나무가 없이는 존재할 수 없다. 사람은 나무가 아낌없이 내어 주는 것으로 인해 살아가고 있다고 해도 지나치지 않은 것이다.

정현종(1939~)

시인. 인간과 사물 등 모든 존재에 대한 사랑을 바탕으로 건강한 삶을 추구하는 시를 많이 썼다. 시집에 "고통의 축제", "사물의 꿈", "떨어져도 튀는 공처럼" 등이 있다.

시 속으로

담쟁이

1. 벽이 의미하는 것은 무엇인가?

질투는 나의 힘

2. 시적 화자를 비유적으로 표현한 부분을 찾아 써 보자.

3. 시상 전개 방식의 특징에 대해 정리해 보자.

들길에 서서

4. 시적 화자는 무엇을 바라보면서 살겠다고 하였는가?

하늘

5. 푸른 하늘은 시적 화자에게 어떤 존재인가?

뜰

6. 이 시에 나타난 인식적 가치에 대해 말해 보고, 이를 내면화하기 위한 방법을 예를 들어 설명해 보자.

나무에 깃들여

7. 이 시에 나타난 나무와 사람의 관계에 대해 정리해 보자.

1부 시의 표현

1. 비유와 상징

- 모든 순간이 꽃봉오리인 것을 | 정현종 | 비상교육(한철우) 중③ / "정현종 시전집 1"(문학과지성사, 1999)
- 봄 | 이성부 | 창비 중⑤ / "우리들의 양식"(민음사, 2006)
- 사랑하는 별 하나 | 이성선 | 대교 중⑤ / "사랑하는 별 하나"(미래사, 1991)
- 행복 | 허영자 | 두산동아(이삼형) 중②, (주)지학사 중② / "가슴엔 듯 눈엔 듯"(작가 정신, 1996)
- 사랑은 | 김남주 | 두산교육(이삼형) 중⑤ / "꽃 속에 피가 흐른다"(창비, 2007)
- 햇빛이 말을 걸다 | 권대웅 | 두산동아(이삼형) 중③ / "하루"(홍익 출판사, 2004)

2. 운율과 가락

- 돌담에 속삭이는 햇발 | 김영랑 | 대교 중①, 두산동아(이삼형), (전경원) 중①, 비상교과서 중①, 비상교육(김태철) 중①, (주)금성출판사 중①, 좋은책 신사고(민현식), (우한용) 중①, (주)지학사 중①, 창비 중①, 천재교과서 중①, 천재교육(박영목) 중① / 이숭원, "영랑을 만나다"(태학사, 2009)
- 빗방울 | 오규원 | 비상교육(한철우) 중① / "문학과 사회 74호(2006년 여름호)"(문학과지성사, 2006)
- 물새알 산새알 | 박목월 | 비상교육(김태철) 중① / "오리는 일학년"(비룡소, 2006)
- 포근한 봄 | 오규원 | 두산동아(이삼형) 중① / "나무 속의 자동차"(문학과지성사, 2008)
- 해 | 박두진 | 두산교육(전경원) 중①, 비상교과서 중①, 비상교육(한철우) 중①, (주)교학사 중①, (주)지학사 중①, 천재교육(노미숙), (박영목) 중①, 두산동아(박두진) 중③, 좋은책 신사고(우한용) 중⑥ / "문학과지성사 한국문학선집 1900~2000_시"(문학과지성사, 2007)
- 콩, 너는 죽었다 | 김용택 | 천재교육(박영목) 중①, 두산동아(이삼형) 중④ / "국어 시간에 시 읽기"(나라말, 2007)

3. 심상의 발견

- 성탄제 | 김종길 | 좋은책 신사고 중③, 좋은책 신사고(민현식) 중④, 천재교육(박영목) 중⑥ / "중학교 국어 3-2"(교육인적자원부, 2003)
- 비 | 정지용 | 비상교육(한철우) 중⑥ / "한국 대표 초간본 총서 백록담"(주식회사 열린책들, 2004)
- 바다에서 오는 버스 | 나태주 | 비상교육(한철우) 중① / "산촌 엽서"(문학사상사, 2002)
- 웃는 기와 –국립 경주 박물관에서 | 이봉직 | 비상교육(한철우) 중④ / "웃는 기와"(오늘의문학사, 2002)

- 어떤 귀로 | 박재삼 | (주)금성출판사 중⑤ / "아득하면 되리라"(정음사, 1984)
- 유리창 | 정지용 | 비상교과서 중⑤, (주)금성교과서 중⑤ / "고등학교 국어(상)"(교육 과학 기술부, 2008)

4. 비판과 풍자

- 두꺼비 파리를 물고 | 작자 미상 | 좋은책 신사고(우한용) 중③, 대교 중⑤, 천재교과서 중⑥ / 정병욱, "시조 문학사전"(신구문화사, 1966)
- 송사리 | 이문구 | 좋은책 신사고(민현식) 중③ / "산에는 산새 물에는 물새"(창비, 2003)
- 짧은 이야기 | 김용택 | 비상교육(김태철) 중②, 비상교과서 중③ / "그 여자네 집"(창작과비평사, 1998)
- 초토의 시 1 | 구상 | 대교 중④ / "한국 대표 시인 101인 선집-구상"(문학사상사, 2002)
- 풀 | 김수영 | (주)교학사 중④ / "김수영 전접"(민음사, 2003)
- 묘비명 | 김광규 | 비상교과서 중⑤ / "우리를 적시는 마지막 꿈"(문학과지성사, 1979)

5. 반어와 역설

- 진달래꽃 | 김소월 | 좋은책 신사고(민현식) 중⑤, 천재교과서 중⑤, 비상교육(김태철) 중⑥, (주)금성교과서 중⑥, 창비 중⑥ / "김소월 전집"(서울대학교 출판부, 2007)
- 그날이 오면 | 심훈 | (주)미래앤 중④, 두산동아(전경원) 중⑤, 비상교육(한철우) 중⑤ / "그날이 오면(외)"(범우, 2005)
- 깃발 | 유치환 | 대교 중⑤, 좋은책 신사고(민현식), (우한용) 중⑤, 천재교육(박영목) 중⑤, 천재교과서 중⑥ / "청마 유치환 전집 1"(국학자료원, 2008)
- 먼 후일 | 김소월 | 대교 중⑤, 비상교과서 중⑤, 비상교육(한철우) 중⑤, 좋은책 신사고(우한용) 중⑤, (주)지학사 중⑤, 천재교육(박영목) 중⑤, 두산교육(전경원) 중⑥, (주)미래엔 중⑥, 천재교과서 중⑥, 천재교육(노미숙) 중⑥ / "김소월 시집"(범우, 2011)
- 섶섬이 보이는 방 -이중섭의 방에 와서 | 나희덕 | 천재교육(박영목) 중③ / "제22회 소월시문학상 작품집"(문학사상사, 2008)
- 모란이 피기까지는 | 김영랑 | (주)지학사 중⑤, 교학사 중⑥ / "모란이 피기까지는"(동아일보사, 2009)

2부 시의 이해

6. 주제의 강조

- 님의 침묵 | 한용운 | 비상교육(김태철) 중⑤, (주)금성출판사 중⑥ / "님의 침묵"(한계전 엮음, 서울대학교 출판부, 1996)
- 갈대 | 신경림 | (주)미래앤 중④ / "갈대는 속으로 조용히 울고 있었다"(글로세움, 2011)
- 눈 | 김수영 | 비상교육(한철우) 중④ / "문학예술"(문학예술사, 1955)
- 껍데기는 가라 | 신동엽 | 비상교육(한철우) 중③, 교학사 중⑤ / "신동엽 전집"(창작과비평사, 1975)
- 그 꽃 | 고은 | 비상교육(한철우) 중④ / "순간의 꽃"(문학동네, 2001)
- 가는 길 | 김소월 | (주)미래앤 중① / "김소월 시 전집"(문학사상사, 2007)

7. 화자와 시점

- 배추의 마음 | 나희덕 | 천재교육(박영목) 중①, 두산동아(이삼형) 중②, 좋은책 신사고(우한용) 중②, (주)금성교과서 중③ / "그 말이 잎을 물들였다"(창비, 1994)
- 귀뚜라미 | 나희덕 | 대교 중③, (주)미래앤 중③ / "그 말이 잎을 물들였다"(창작과비평사, 1994)
- 나룻배와 행인 | 한용운 | 비상교과서 중③, 비상교육(김태철) 중③, (주)교학사 중③, (주)지학사 중③, 천재교과서 중③, 천재교육(박영목) 중③, 대교 중④, 두산동아 (이삼형), (전경원), 중④ / "님의 침묵"(하서, 2005)
- 봄 | 김춘수 | 대교 중③ / "국어 교과서 작품 읽기"(창비, 2010)
- 길 | 김기림 | (주)지학사 중① / "김기림 전집5"(심설당, 1988)
- 오매 단풍 들것네 | 김영랑 | (주)미래엔 중④, 천재교과서 중④ / "모란이 피기까지는"(동아일보사, 2009)

8. 정서와 분위기

- 엄마야 누나야 | 김소월 | 두산동아(이삼형) 중①, (주)교학사 중①, (주)교학사 중③, 천재교육(박영목) 중③, 좋은책 신사고(민현식) 중⑤ / "김소월 시집"(범우사, 2011)
- 봉선화 | 김상옥 | (주)지학사 중①, 천재교육(노미숙) 중① / "김상옥 시 전집"(창비, 2005)
- 내 마음은 | 김동명 | 좋은책 신사고(우한용) 중①, (주)금성출판사 중①, 두산동아(이삼형) 중② / "파초"(문학사상사, 1938)
- 어머니 | 김종상 | 비상교육(한철우) 중③ / "김종상 아동 문학 50주년"(도서출판 순리, 2008)
- 고여 있는, 그러나 흔들리는 –우포에서 | 나희덕 | 비상교육(한철우) 중② / "어두워진다는 것"(창작과비평사, 2001)
- 박꽃 | 이희승 | (주)교학사 중① / "박꽃"(백양당, 1947)

9. 화자의 태도

- 제망매가(祭亡妹歌) | 월명사 | 천재교육(박영목) 중⑥ / "향가 해독법 연구"(김완진 서울대학교 출판부, 1980)
- 숲 | 정희성 | (주)지학사 중⑥ / "저문 강에 삽을 씻고"(창작과비평사, 1978)
- 이른 봄 | 천상병 | 창비 중⑤ / "천상병 전집—시"(평민사, 2010)
- 즐거운 편지 | 황동규 | 좋은책 신사고(민현식) 중④, 좋은책 신사고(우한용) 중⑥, (주)금성교과서 중⑥ / "황동규 시전집 1"(문학과지성사, 1998)
- 청포도 | 이육사 | 천재교육(박영목) 중②, 좋은책 신사고(민현식) 중③, (주)지학사 중③, 두산동아(전경원) 중④, 창비 중④, 비상교육(한철우) 중⑤, 천재교육(노미숙) 중⑤ / "원전 주해 이육사 시전집"(예옥, 2008)
- 팔원 | 백석 | 대교 중⑥ / "정본 백석 시집"(문학동네, 2011)

10. 형상화의 단계

- 가정 | 박목월 | 대교 중③ / "나그네"(미래사, 2003)
- 산에 언덕에 | 신동엽 | (주)금성출판사 중⑤ / "신동엽 전집"(창작과비평사, 1980)
- 똥구멍 새까만 놈 | 심호택 | 두산동아(이삼형) 중③ / "하늘밥도둑"(창작과비평사, 2000)
- 별처럼 꽃처럼 | 오세영 | 대교 중① / "꽃들은 별을 우러르며 산다"(시와시학사, 1994)

• 처음처럼 | 안도현 | (주)지학사 중④ / "나무 잎사귀 뒤쪽 마을"(실천문학사, 2007)
• 흔들리며 피는 꽃 | 도종환 | (주)교학사 중② / "흔들리지 않고 피는 꽃이 어디 있으랴"(문학동네, 2011)

3부 시의 의도와 맥락

11. 형식의 미학

• 아지랑이 | 이영도 | 천재교육(박영목) 중① / "현대 시조 100인 선집"(태학사, 2006)
• 첫사랑 | 고재종 | 천재교육(노미숙) 중⑥ / "방죽가에서 느릿느릿"(지식을만드는지식, 2012)
• 별 | 이병기 | (주)금성출판사 중① / "우리 시대 현대 시조 100인 선-수선화"(태학사, 2006)
• 서시 | 윤동주 | 천재교과서 중①, 비상교과서 중③, 좋은책 신사고(우한용) 중③, (주)지학사 중③, (주)금성교과서 중④, 두산동아(이삼형) 중⑤, 비상교육(한철우) 중⑤, (주)교학사 중⑤, 창비 중⑤, 천재교육(박영목) 중⑤ / 홍장학, "정본 윤동주 전집"(문학과지성사, 2007)
• 너를 기다리는 동안 | 황지우 | 비상교육(김태철) 중⑤ / "게 눈 속의 연꽃"(문학과지성사, 1990)
• 나 | 김광규 | 천재교육(노미숙) 중⑤ / "우리를 적시는 마지막 꿈"(문학과지성사, 2002)

12. 내용의 요소

• 슬픔이 기쁨에게 | 정호승 | (주)금성출판사 중③, 천재교육(노미숙) 중⑤ / "슬픔이 기쁨에게"(창비, 1993)
• 비가 오면 | 이상희 | 천재교육(노미숙) 중④ / "문학 시간에 시 읽기"(나라말, 2004)
• 행복 | 유치환 / 창비 중⑤ / "깃발, 나부끼는 그리움"(교보 문고, 2010)
• 절정 | 이육사 | (주)교학사 중④ / "광야(외)"(범우, 2005)
• 풀잎 | 박성룡 | 비상교육(한철우) 중①, (주)금성출판사 중① / "풀잎"(창비, 1998)
• 안개꽃 | 복효근 | (주)교학사 중① / "어느 대나무의 고백"(문학의 전당, 2006)

13. 창작의 의도

• 가난한 사랑 노래 | 신경림 | 천재교육(노미숙) 중④, 두산동아(이삼형) 중④, 천재교과서 중⑤ / "가난한 사랑 노래"(실천문학, 2011)
• 너에게 묻는다 | 안도현 | 대교 중⑤, 천재교육(노미숙) 중⑤, 비상교육(한철우) 중⑥ / "외롭고 높고 쓸쓸한"(문학동네, 2008)
• 동해 바다 -후포에서 / 신경림 / (주)금성출판사 중①, (주)미래엔 중④ / "신경림 시 전집 1"(창비, 2004)
• 밥그릇 | 정호승 | (주)미래엔 중④ / "내가 사랑하는 사람"(열림원, 2003)
• 구부러진 길 | 이준관 | 좋은책 신사고(민현식) 중② / "꽃잎의 말로 편지를 쓴다"(창비, 2007)
• 아버지의 마음 | 김현승 | (주)금성출판사 중③ / "국어 시간에 시 읽기 1"(나라말, 2000)

14. 사회·문화적 맥락

• 가노라 삼각산아 | 김상헌 | 비상교육(김태철) 중⑥ / 김원석 엮음, "솔솔 재미가 나는 우리 옛 시조"(파랑새어린이, 2005)

• 광야 | 이육사 | 천재교육(노미숙) 중⑤, 두산동아(이삼형) 중⑥ / "고등학교 국어 (상)"(교육 과학 기술부, 2010)
• 동서남북 | 김광규 | 천재교육(박영목) 중④, (주)미래엔 중⑤, 대교 중⑥ / "좀팽이처럼"(문학과지성사, 1998)
• 봄은 | 신동엽 | 비상교육(김태철) 중④, 두산교육(전경원) 중④ / "누가 하늘을 보았다 하는가"(창작과비평사, 1989)
• 성북동 비둘기 | 김광섭 | 비상교과서 중④, 천재교과서 중④, 두산교육(이삼형) 중⑥, 창비 중⑥ / "이산 김광섭 시 전집"(문학과지성사, 2005)
• 못 위의 잠 | 나희덕 | 비상교과서 중④ / "그 말이 잎을 물들였다"(창비, 2004)

15. 주체적 수용

• 민지의 꽃 | 정희성 | 비상교육(김태철) 중④, 좋은책 신사고(우한용) 중④ / "시를 찾아서"(창작과비평사, 2001)
• 봄 길 | 정호승 | 비상교육(한철우) 중⑤, 비상교과서 중⑤, 좋은책 신사고(민현식) 중⑤, 천재교육(노미숙) 중⑤ / "내가 사랑하는 사람"(열림원, 2008)
• 오라! 이 강변으로 | 홍윤숙 | 비상교육(김태철) 중①, (주)금성출판사 중② / "경의선 보통 열차"(문학세계사, 1989)
• 비망록 | 문정희 | 천재교과서 중⑤ / "제 몸속에 살고 있는 새를 꺼내 주세요"(들꽃세상, 1990)
• 해바라기 씨 | 정지용 | 좋은책 신사고(민현식) 중②, (주)미래엔 중③ / "정지용 전집 1"(민음사, 1998)
• 여백 | 도종환 | 창비 중③ / "슬픔의 뿌리"(실천 문학사, 2011)

4부 시의 세계와 해석

16. 시 세계의 확장

• 떨어져도 튀는 공처럼 | 정현종 | 천재교육(박영목) 중⑥ / "섬"(열림원, 2009)
• 의자 7 | 조병화 | 대교 중①, 천재교과서 중① / "조병화 시집"(범우사, 2011)
• 저녁에 | 김광섭 | 좋은책 신사고 중②, (주)지학사 중⑥, 천재교과서 중⑥ / "이산 김광섭 시 전집"(문학과지성사, 2005)
• 한 오큼 | 박목월 | 천재교육(노미숙) 중③ / "오리는 일 학년"(비룡소, 2006)
• 호수 1 | 정지용 | (주)교학사 중② / "정지용 진집 1"(민음사, 2005)
• 눈 감고 간다 | 윤동주 | 대교 중① / "하늘과 바람과 별과 시"(미래사, 2001)

17. 해석의 근거

• 꽃 | 김춘수 | 두산동아(전경원) 중①, 창비 중④ / "처용"(민음사, 2009)
• 논개 | 변영로 | 두산동아(전경원) 중② / 윤동주 외, "꽃필 차례가 그대 앞에 있다"(랜덤하우스코리아, 2007)
• 사랑하는 까닭 | 한용운 | 비상교육(한철우) 중④, 천재교육(노미숙) 중④ / "님의 침묵"(미래사, 2002)

- 엄마 걱정 | 기형도 | (주)미래엔 중①, 비상교육 중②, (주)교학사 중②, (주)금성출판사 중②, 창비 중②. (주)지학사 중③, 천재교육(노미숙) 중③, 좋은책 신사고(우한용) 중④ / "잎 속의 검은 잎"(문학과지성사, 2008)
- 찬밥 | 문정희 | 비상교과서 중⑥ / "양귀비꽃 머리에 꽂고"(민음사, 2004)
- 사투리 | 박목월 | 좋은책 신사고(우한용) 중④ / "박목월 시 전집"(민음사, 2003)

18. 감상의 방법

- 별헤는 밤 | 윤동주 | (주)금성출판사 중②, 천재교육(박영목) 중③ / "윤동주 시집"(범우사, 2002)
- 묵화 | 김종삼 | 비상교과서 중② / "김종삼 전집"(나남출판, 2005)
- 참 좋은 당신 | 김용택 | (주)금성출판사 중① / "참 좋은 당신"(시와시학사, 2007)
- 낙화 | 이형기 | 두산동아(전경원) 중⑤, (주)금성출판사 중⑥, 천재교과서 중⑥ / "그해 겨울의 눈"(고려원, 1985)
- 종례 시간 | 도종환 | 천재교육(노미숙) 중②, 두산동아(이삼형) 중④ / "슬픔의 뿌리"(실천문학사, 2005)
- 우리가 눈발이라면 | 안도현 | 비상교육(김태철) 중①, 대교 중②, 천재교육(박영목) 중②, (주)미래엔 중③ / "그대에게 가고 싶다"(푸른숲, 2002)

19. 창작의 과정

- 김광섭 시인에게 | 김유선 | 두산동아(이삼형) 중⑥ / "별이라고 했니 운명이라고 했니"(시와시학사, 1995)
- 산은 옛 산이로되 | 황진이 | (주)미래엔 중② / "한국 고전 문학 전집 1: 시조 I"(고려대학교 민족문화연구소, 1993)
- 참회록 | 윤동주 | 비상교육(김태철) 중⑤ / 홍장학, "정본 윤동주 전집"(문학과지성사, 2004)
- 단추를 채우면서 | 천양희 | 천재교과서 중③ / "국어 시간에 시 읽기 2"(나라말, 2006)
- 풀꽃 | 나태주 | (주)교학사 중② / "이야기가 있는 시집"(푸른 길, 2006)
- 호박꽃 바라보며 –어머니생각 | 정완영 | 비상교육(김태철) 중① / "가랑비 가랑가랑 가랑파 가랑가랑"(사계절, 2007)

20. 가치의 발견

- 담쟁이 | 도종환 | 두산동아(전경원) 중②, (주)미래엔 중②, 대교 중⑤, 천재교과서 중⑤ / "흔들리지 않고 피는 꽃이 어디 있으랴"(랜덤하우스코리아, 2007)
- 질투는 나의 힘 | 기형도 | 천재교육(노미숙) 중③ / "입 속의 검은 잎"(문학과지성사, 1991)
- 들길에 서서 | 신석정 | (주)지학사 중⑥ / "그 먼 나라를 알으십니까"(창비, 1990)
- 하늘 | 박두진 | 천재교육(노미숙) 중① / "예레미야의 노래"(창비, 1981)
- 뜰 | 박성룡 | 좋은책 신사고(우한용) 중① / "가을에 잃어버린 것들"(삼애사, 1969)
- 나무에 깃들여 | 정현종 | 비상교육(김태철) 중⑤ / 김규종 외 엮음, "국어 교과서 작품 읽기 중 2 시"(창비, 2010)

1부 시의 표현

1. 비유와 상징 _ 47~48쪽

1. 어떤 대상이나 상황을 구체적이고 상세하게 표현할 수 있다.
2. 매우 귀하고 가치 있는 것을 비유하고 있다.
3. '너'는 '봄'을 말하며, 민주, 자유 등을 상징하고 있다.
4. 외로움을 함께하는 존재
5. 희망 또는 함께하는 삶 등을 비유적으로 말하고 있다.
6. 어린아이의 순진함과 귀여움
7. 시에 생명력을 불어넣고 있다.

2. 운율과 가락 _ 61~62쪽

1. 운율은 시에 쓰이는 말의 가락을 말하는데 시의 음성적 형식을 가리키는 용어로 리듬이라고도 부른다.
2. 이 시는 7·5조 3음보를 기본으로 사용하고 있다. 이러한 형식은 우리 시가의 전통적 율격으로 우리 민족에게 친근한 가락이다. 또한 'ㄴ, ㄹ, ㅁ, ㅇ'의 울림소리와 'ㅗ, ㅏ'의 반복적 사용으로 밝고 맑은 시적 분위기를 조성하고 있다.
3. –동일한 소리('ㅗ', 'ㅂ')의 반복: 솝–솝–솝–솝 / 롭–롭–롭–롭 / 톱–톱–톱–톱 / 홉–홉–홉–홉 / 돕–돕–돕–돕
   –동일한 단어의 반복: 빗방울, 떨어진다
   –유사한 문장 구조의 반복: 빗방울이 ~에 (어떻게) 떨어진다.
4. 물새는 / 물새라서 / 바닷가 바위틈에 / 알을 낳는다.
   산새는 / 산새라서 / 잎 수풀 둥지 안에 / 알을 낳는다.
   물새알은 / 간간하고 짭조름한 / 미역 냄새, / 바람 냄새.
   산새알은 / 달콤하고 향긋한 / 풀꽃 냄새, / 이슬 냄새.
   물새알은 / 물새알이라서 / 날갯죽지 하얀 / 물새가 된다.
   산새알은 / 산새알이라서 / 머리꼭지에 빨간 댕기를 드린 /산새가 된다.

   시의 운율은 음운, 같은 말, 글자 수, 음보, 두운과 각운, 동일한 문장 구조 등의 언어적 요소가 규칙적으로 반복되어 만들어진다. 재구성된 시에서 알 수 있듯이 위에서 언급한 모든 요소들이 사용되어 운율을 얻고 있음을 알 수 있다.

5. '담장 위에 쌓이는 봄눈 / 나무 위에 쌓이는 봄눈 / 마당 위에 쌓이는 봄눈'에서 보이는 것처럼 동일한 문장 구조와 음보의 반복을 통해 운율을 얻고 있다.
6. 사설이 많은 것 같으면서도 우리에게 친숙한 3·4조와 4·4조의 리듬이 구사되어 미묘한 시적 정서를 유발하고 있는 음악적인 시다.
7. '콩들이 마당으로 콩콩 뛰어나와 / 또르르 또르르 굴러간다.'는 부분이 의성어와 의태어를 사용하여 운율을 획득하고 있다.

3. 심상의 발견 _ 76~77쪽

1. 시에 있어서의 '심상(이미지)'이란 언어를 통해 표현된 구체적 형상이나 그와 관련되는 추상적인 관념들을 말한다.
2. –밤(어두운 방, 검은색): 바알간 숯불(붉은색)
   –눈(흰색, 차가움): 붉은 산수유(붉은색, 따뜻함, 뜨거움)
   →바알간 숯불, 붉은 산수유는 밤, 눈이 주는 어둡고 차가운 이미지와 대조되어 따뜻하고 포근한 느낌을 주고 아버지의 자식에 대한 사랑을 강조하는 효과를 얻고 있다.
3. '소란히 밟고 간다.'는 나뭇잎에 후두둑거리며 떨어지는 빗소리를 청각적 이미지를 사용하여 표현함으로써 보다 선명한 이미지를 얻고 있다.
4. 아침에 산 너머서 오는 버스, 저녁때 산 너머로 가는 버스 / 부푼 바다 물빛 / 바다에서 떠오르는 해 / 지는 해 붉은 노을
5. 기와에 새겨진 웃는 모양
   비유한 까닭: 기와에 새겨진 웃는 모양을 초승달의 곡선과 닮았다고 생각했기 때문이다.
6. '새벽 서릿길을 밟으며 / 어머니는 장사를 나가셨다가 / 촉촉한 밤이슬에 젖으며 / 우리들 머리맡으로 돌아오셨다.'
   → 차가운 촉각적 이미지를 통해 어머니의 고된 삶의 서러움을 서리, 이슬이라는 시어를 통해 보여 주고 있다.
7. 삶과 죽음의 경계, 차고 냉정한 현실, 화자와 시적 대상을 연결시켜 주는 통로, 죽음의 세계를 볼 수 있는 통로 등, 이승과 저승의 운명적 단절을 의미하는 동시에 그 두 세계를 잇는 교감의 매개체이기도 하다.
8. 죽은 자식의 이미지를 형상화한 시행은 3행, 6행, 10행 등이다. 언 날개를 파다거리다 날아간 산새, 밤하늘에 보석처럼 박혀 있는 별, 이들은 작고 가냘프고 순수한 존재로, 어린 자식의 죽음에 대한 애틋한 슬픔을 환기시킨다.

4. 비판과 풍자 _ 89~90쪽

1. –파리에 대한 두꺼비의 태도: 무자비하며 탐욕적이다.
   –송골매에 대한 두꺼비의 태도: 쳐다보는 것도 두려워하며 약한 모습을 보이고 있다.
2. '농약'과 '폐수', 인간의 환경 파괴와 무관심이 송사리의 삶의 터전을 없애고 죽음으로 내몰고 있다.

3. 사과는 사람들만의 것이 아니라 '벌레'같은 자연 모두의 것이기 때문이다. 사람들이 벌레로 대변되는 자연에서 사과를 빼앗고 자기들만 먹기 때문에 사과는 서러운 것이다.
4. '해바라기', '개나리', '소녀의 미소', 어두운 상황에서도 밝고 희망적인 느낌을 준다.
5.

연	풀의 모습
1연	바람이 불면 눕고 운다.
2연	바람보다 빨리 눕고, 운다. 바람보다 먼저 일어난다.
3연	바람 발밑까지 눕는다. 바람보다 늦게 누워도 먼저 일어난다. 바람보다 늦게 울어도 먼저 웃는다.

6. 풀은 바람보다 약하지만 더 강하고 끈질기게 살아남는다는 것을 의미한다.
7. 인간성과 정신적인 가치는 관심도 없이 돈과 지위만을 추구하는 사회 분위기를 비판하고 있다.

5. 반어와 역설 _ 101~102쪽

1. 죽어도 아니 눈물 흘리우리다.
2. 조국 광복
3. ① 삼각산 ② 한강물
4. ① 아우성 ② 손수건 ③ 순정 ④ 애수 ⑤ 마음
5. 임 / 그리움
6. –눈: 살아 있는 순수하고, 순결한 생명력을 뜻한다. 강인한 생명력을 지닌 존재이다.
   –가래: 부패한 현실의 억압 속에서 생긴 더러운 자신의 찌꺼기, 속물적인 것, 소시민적 근성 등을 뜻한다.
   –기침: 부패한 현실과의 갈등을 나타내고 있으며, 마음속에 고여 있는 더러운 것들, 불순한 것들을 쏟아내는 행위다.
7. –역설적 표현: 찬란한 슬픔의 봄을
   –서러운 정감의 깊이로 나타낸 부분: 삼백예순 날 하냥 섭섭해 우옵내다.

2부 시의 이해

6. 주제의 강조 _ 116~117쪽

1. –미래에 대한 찬란한 희망: 푸른 산빛
   –절망과 시들어 떨어짐: 단풍나무 숲
2. 연약한 인간을 뜻한다. 실존적 인간이다.

3. 이중섭에 대한 그리움과 안타까움.
4. 아고리
5. 껍데기는 가라.
6. –평소에 가족이 있을 때는 몰랐는데, 없으니까 가족의 중요성을 알았다.
–산 속에 고립되어 있을 때 음식의 귀함을 알았다.
–친구와 늘 같이 있었는데, 어느 날 친구가 전학 간 뒤 만나지 못해 친구의 우정이 얼마나 중요한지 알았다.
7. 그리움, 망설임, 안타까움

7. 화자와 시점 _ 129~130쪽

1. –배추벌레에게 반 넘어 먹히고도 / 속은 점점 순결한 잎으로 차오르는 / 배추의 마음
→ 배추벌레에게 먹히고도 기른 사람의 마음을 알아 속이 차오르는 마음
2. 귀뚜라미 / 매미 / 콘크리트
3. 흙발로 나를 짓밟습니다. 물만 건너면 나를 돌아보지도 않고 가십니다그려.
4. 봉오리 / 뜰 / 봄
5. ① 어머니 / 유년 ② 버드나무
6. ① 토속적 혹은 향토적 ② 장독대 / 단풍 / 가을 / 추석

8. 정서와 분위기 _ 144~145쪽

1. –시의 화자: 소년
–의인법이 사용된 시구: 갈잎의 노래
2. –과거와 대비되는 서정적 자아: 하얀 손
–현재 상태를 효과적으로 표현하는 시어: 힘줄
3. ① 호수 ② 촛불 ③ 나그네 ④ 낙엽
4. 보리밭 / 호미 / 눈길 / 목소리
5. 후두둑, 후두후둑
6. 수줍은 미소

9. 화자의 태도 _ 156~157쪽

1. –1~8구: 죽음에 대한 슬픔
–9~10구: 죽음의 슬픔을 종교적으로 극복하려는 의지의 태도
2. 각박한 현대 사회와 사람들의 모습을 반성하고 있다.
3. 생명의 근원인 봄의 잔치(봄의 생명이 피어나는 잔치)
4. 기다림
5. 청색(청포도, 하늘, 푸른 바다, 청포), 흰색(흰 돛단배, 은쟁반, 하이얀 모시 수건)
6. 독립(해방)
7. –내지인 주재소장: 일본 본토인이라는 뜻으로 일본인이 스스로 일컫던 말.
–내임: 요금이라는 뜻의 일본어.

10. 형상화의 단계 _ 170~171쪽

1. 저녁
2. 아버지로서의 책임감을 강조하기 위함이다. 가장 큰 신발을 신는 아버지는 작은 신발을 신는 막내를 비롯한 아이들을 돌보아야 될 책임이 있는 것이다. 또 '십구 문 반'이라는 표현을 세 번이나 반복하여 크다는 것을 강조하고 있다.
3. 꽃, 숨결
4. 종이 한 구석이 남았다고 할아버지께 꾸중을 듣고 부아가 난 심정
5. 생략

   여러분이 관심 있어 하는 진로를 적어 보자.
6. 자유롭게 자신의 첫 마음을 적어 보자.
7. 사랑 / 삶

3부 시의 의도와 맥락

11. 형식의 미학 _ 187~188쪽

1.

시어	시어의 특징	시어의 느낌	시어들의 공통점
아지랑이	봄철에 생기는 현상, 아른거림	나른한 느낌, 어지러운 느낌, 따스한 느낌	봄날의 행복하고 따뜻한 모습을 상상할 수 있게 한다.
나비	작음, 아름다움	순수한 느낌 밝고 경쾌한 느낌	

2. 나비가 나는 모습을 시각적인 형태로 드러내기 위해서이다.
3. 상처: 꽃 / 주제: 사랑의 결실을 위한 노력의 의미
4. '호올로 서서', 화자가 아무도 없이 혼자 서서 자기의 별을 찾는 것으로 보아 외로운 심정을 별을 바라보며 달래는 것이다.
5. –바람과 대조적인 시어: 별

   –그 시어가 의미하는 것: 별– '화자가 추구하는 이상, 희망, 순수한 삶'
6. 화자는 발자국 소리에 가슴이 쿵쿵거리고, 작은 나뭇잎 소리도 다 들릴 만큼 초조하게 '너'를 기다리고 있다.
7. 생략

12. 내용의 요소 _ 200~201쪽

1. '슬픔이 기쁨에게'에서 함박눈은 차가운 이미지로 소외된 사람들을 추위에 떨게 하는 고난을 의미하지만, '우리가 눈발이라면'에서 함박눈은 포근한 이미지로 어렵고 소외된 사람들에게 위로하는 위안을 의미한다.
2. 같은 비를 맞아도 각기 다른 반응을 보인다. 1연에서는 몸을 흔들거나 소리치는 반응, 2연은 빗방울을 퉁기거나 퉁긴 물에 젖는 반응, 3연에서는 비를 매처럼 맞거나 죄를 씻는 반응 등이다. 나무들은 각기 나름의 방식으로 비를 맨몸으로 맞지만 사람은 비를 맞지 않으려고 우산으로 가린다.
3. 사랑하는 것은 사랑을 받는 것보다 행복하나니라.
4.

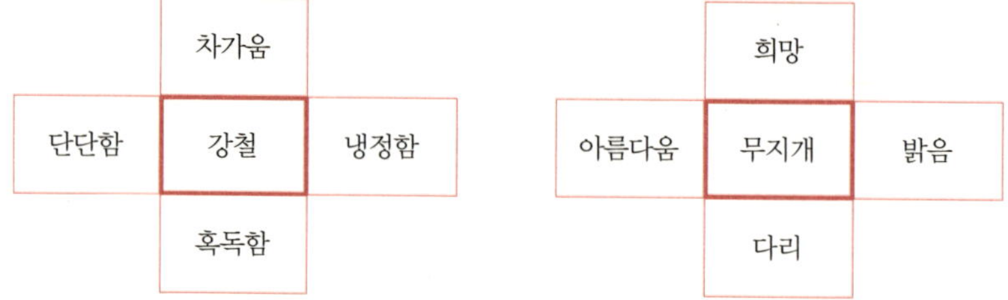

5. '휘파람 소리'라는 청각적 심상을 '푸른'이라는 시각적 심상으로 표현하여 소리에 색을 입혔다.
6. 향기로운 엄마 목소리, 강당을 가득 채운 고함 소리
7. 답안 1 나는 민들레꽃이 되고 싶다. 왜냐하면 민들레꽃은 하얀 씨앗이 바람을 타고 멀리 퍼져 나가기 때문이다. 나도 민들레꽃처럼 세상의 많은 곳들을 돌아다니며 여행하고 싶다.
   답안 2 내가 꽃이 될 수 있다면 호박꽃이 되고 싶다. 왜냐하면 흔히 못났다는 의미로 '호박같다'라고 말을 하지만 실제로 호박꽃은 아름답고 호박이라는 커다란 열매를 맺기 때문이다.

13. 창작의 의도 _ 212~213쪽

1. –창작될 당시의 상황을 알 수 있는 시어: 두 점을 치는 소리, 방범대원, 호각 소리, 메밀묵 사려 소리
   –창작될 당시의 상황: 우리나라는 1960년대부터 정부의 주도로 경제 발전을 급속히 진행했고, 농촌의 젊은이들은 일자리를 찾아 도시로 이동했다. 하지만 그들을 기다리고 있던 것은 저임금과 열악한 노동 환경이었다. 1970년대를 거치면서 우리나라 경제는 눈부신 발전을 이루었지만, 이러한 경제 성장의 이면에는 도시 노동자들의 슬픔이 배어 있다.
2. –연탄재의 의미: 모든 것을 태우고 재로 남아 버렸음. 타인을 위해 희생하는 존재
   –연탄재와 같은 존재: 남을 위해 사랑을 나누고, 배려하고, 희생하는 사람. 남을 위해 희생할 수 있는 사람
3. –'나': 남에게는 엄격하고 자신에게는 너그러운 존재
   –'바다': 너그럽고 포용력 있지만, 자신에게는 모질게 채찍질하는 존재
   –작가가 말하고자 하는 것: 조금 넓고 따뜻한 마음으로 다른 사람을 대하고, 자기 자신에게는 엄격하게 한다.
4. 더럽다고 느껴 먹지 못했다. 사랑이 없기 때문이다.

5. –구부러진 길의 의미: 힘들고 어려운 일 등 다양한 경험을 하면서 조금은 여유를 가지고 살아가는 삶
   –구부러진 길을 좋아하는 이유: 구불구불 구부러진 삶을 사는 사람이 진정한 삶을 사는 사람이기 때문에 구부러진 길을 좋아한다.
6. 고난과 시련을 이겨 내고 성공한 사람
7. –아버지의 존재를 단적으로 표현한 시구: 아버지는 가장 외로운 사람

14. 사회·문화적 맥락 _ 228~229쪽

1. 척화론자 김상헌의 작품으로 삼전도의 항복 3년 후 그가 명을 치기 위한 청의 출병 요청에 반대하는 상소를 올렸다가 그것이 빌미가 되어 청나라 심양으로 압송되었을 때 읊은 시다.
2. –과거: 1연 광야의 원시성, 2연 광야의 신성성, 3연 역사와 문명의 태동
   –현재: 4연 암담한 현실과 극복의 의지
   –미래: 5연 미래에 대한 기대와 확신
   –역사적 상황: 암울하고 암담한 현실을 의미하는 것으로 일제의 우리 민족에 대한 탄압이 혹독했던 때를 그리고 있다.
3. –봄: 연녹색 물결, 여름: 뻐꾸기 노랫소리·개구리 우는 소리, 가을: 황금빛 물결, 겨울: 시원한 동치미 맛·얼큰한 해장국 맛
   –자연 현상은 장애물을 뛰어넘어 거리낌 없이 이동하지만, 우리 민족의 현실은 남과 북으로 나뉘어 자유롭게 넘나들 수 없다.
4. 봄: 통일 / 겨울: 분단 / 눈보라: 분단의 고통 / 미움의 쇠붙이: 군사적 대립과 긴장
5. 단정적 어조로 화자의 확고한 믿음과 의지를 드러낸다.
6. –비둘기가 가지는 상징성: 평화
   –비둘기를 바라보는 작가의 마음: 안타깝고 불쌍하고 미안함
7. –현재: 못 위에서 자는 제비를 올려다 봄.
   –과거: 아이들과 함께 버스 정류장에서 일하고 돌아오는 아내를 마중했던 아버지
   –현재: 아버지를 기억나게 하는 아비 제비의 못 위의 잠

15. 주체적 수용 _ 241~242쪽

1. –민지: 순수한 마음. 순수하여 다른 사람을 감동시킴.
   –'내 말은 때가 묻어': 순수하지 못해 다른 사람을 감동시키지 못함.
   –'잠을 흔들어 깨우는 것': 순수하여 다른 사람을 감동시킴.
2. –봄 길을 걸어가는 사람: 역경을 극복하고 세상을 밝고 따뜻하게 만들려는 의지를 가진 사람
   –봄 길 같은 사람: 장애를 극복하고 활발하게 활동하는 피아니스트, 의지할 곳 없는 노인들을 위해 의료 봉사를 하는 의사 등등
3. 화자는 강변에 서서 헤어진 핏줄을 다시 만나고 싶어 한다. 이는 남과 북으로 갈린 우리 현실을 의미하는 것으로 같은 민족이 둘로 나뉘어 살아가는 지금 우리의 상황을 그리고 있다.
4. 자신의 삶을 반성(성찰)한 고백(기록)이라는 의미이다.
5. –남을 사랑하는 사람: 이타적인 사람(희생적인 사람, 기도를 하고 일기를 쓰는 사람)
   –나를 더 사랑하는 사람: 이기적인 사람(자기 허물만 내보이는 사람)

6. 누나와 나: 땅을 파서 씨를 심고 흙을 다진다.
바둑이와 고양이: 앞발로 다지고 꼬리로 다진다.
이슬과 햇빛: 같이 자고, 입 맞추고 간다.
해바라기: 부끄러워 고개를 안 든다.
청개구리: 소리를 지르고 간다.

7. –나무들이 아름다운 까닭: 말없이 나무들을 받아 안고 있는 여백 때문, 하나하나의 흔들림까지 다 보여 주는 넉넉한 허공 때문, 생명의 손가락을 일일이 쓰다듬어 주고 있는 빈 하늘 때문.
–독자에게 하고 싶은 말: 좀 더 넉넉한 가슴으로 누군가를 위해 기꺼이 여백이 되어 주는 삶이 아름답다.

4부 시의 세계와 해석

16. 시 세계의 확장 _ 254~255쪽

1. –떨어져도 튀는 공, 둥근 공, 쓰러지는 법이 없는 공
–공의 속성
· 튄다 – 반응하는 삶, 개성적인 삶, 자기표현에 솔직한 삶
· 둥글다 – 최선을 다해 완벽한 삶을 지향
· 탄력이 있다 – 활기차다.
· 쓰러지지 않는다 – 시련에 좌절하지 않는다.
2. '아침'은 시작과 출발의 희망의 시간이다. 따라서 '아침을 몰고 오는 분'은 희망과 가능성을 지닌 새로운 '신세대'를 의미한다. '의자'는 시간의 흐름 속에서 한 세대가 지니고 누려 왔던 역사적 존재로서의 자리이고 공간을 의미한다.
3. '묵은 이 의자'는 기성세대인 시적 화자가 지녀 왔던 지위나 자리뿐만 아니라 정신적 차원인 인생관과 가치관까지 모두 포함하는 개념을 상징적으로 나타낸 것이다. 다음 세대에게 자리를 마땅히 물려주어야 한다는 판단을 하면서도, 아쉬운 심정으로 머뭇거리는 태도가 반영되어 있다.
4. 많은 별들 중에서 운명적이고 친밀한 관계가 형성되었고, 그 관계가 소멸했으나 다시 만나기를 기대하는 내용이 담겨 있다.
5. '밤'이라는 소재와 얽힌 기억을 떠올리며 이야기하듯, 우리 모두에게는 어린 시절의 추억이 남아 있게 마련이다. 그 추억에 대한 지금의 느낌을 자연스럽게 말해 보자.
6. –호수만 한 그리움: 호수만 한 그리움은 그리움의 크기가 넓다는 것인데, 바다가 아닌 호수로 비유한 이유는 호수가 맑고 깨끗하다는 것과 사방이 숲으로 둘러싸여 신비롭고 아늑한 느낌을 주기 때문이다. 그리움이라는 감정은 자기 내면에 아늑하게 머무를 때에 더 절절한 것이 되기 때문이다.
–눈을 감을 수밖에 없는 그리움: 호수만 한 그리운 마음은 감추고 숨기려 해도 곧 드러나 화자 자신도 어찌할 수 없는 것이다. 그래서 화자는 결국 눈을 감음으로써 그리움을 마음속으로 내면화한다. 이런 점에서 눈을 감는 행위는 겉으로 보기엔 보고 싶은 사람을 애써 외면하는 행위 같지만, 실은 그 사람을 마음속 깊이 소중히 간직하는 행위인 것이다.
7. 밤은 암울한 현실을 나타낸다. 이 시의 시대적 상황은 일제 강점기이다.
8. 암담한 현실에서 일을 막기라도 하거든 대들라는 뜻이다.

17. 해석의 근거 _ 268~269쪽

1. 존재의 참된 모습을 인식하려는 사람
2. 자긍심
3. 조국 또는 민족
4. 근거: 찬밥, 배추 잎, 빗소리와 같은 감각적 심상을 통해 외롭고 두려웠던 어린 시절의 가난했던 체험을 드러냈다. 채소 장사를 나가 저녁 늦게까지 돌아오지 않는 어머니를 기다리는 유년 상황의 '그 어느 하루'를 제시함으로써 화자의 정서를 섬세하게 묘사하였다.
5. 어머니에 대한 애틋한 마음을 드러내고 있다.
6. 시각
7. –엄마 걱정: 유년 시절 집을 비운 어머니를 늦게까지 혼자 기다려 본 경험이 있는 사람
   –찬밥: 가족들을 위해 헌신한 어머니에 대한 추억을 가지고 있는 사람
   –사투리: 경상도 사투리와 경상도 지역에 사는 사람들의 특성과 정서에 공감하고 있는 사람

18. 감상의 방법 _ 283~284쪽

1. 부끄러움
2. 교감
3. 밝음과 어둠
4. 역설
5. 세 편 모두 현실의 시련과 고통, 이별은 그 자체로 끝이 아닌, 새로운 희망과 성숙과 같은 긍정의 시작임을 보여 주고 있다.
6. 선생님
7. '우리가 눈발이라면'은 '~하자'라는 청유형의 문장을 통해 현실에 어려움을 느끼는 사람들에게 힘과 희망이 되어 주자고 설득하는 형태의 어조를 보이고 있다. 반면 '종례 시간'은 선생님이 어린 학생들에게 당부하고 조언하는 형태의 어조를 통해 대상에 대한 따뜻한 사랑과 관심을 보여 주고 있다.

19. 창작의 과정 295~296쪽

1. 이기적으로 살아가는 도시의 사람들
2. 산과 물, 자연과 인간
3. 과거–현재–미래
4. 단추의 구멍의 찾는 것이 어렵고, 한번 잘못 끼워지면 계속 잘못 끼워질 수 있다.
5. 눈에 띄지 않는 꽃이라 사람들의 관심을 받기 어렵다.
6. 어머니의 큰 사랑
7. '풀꽃'과 '호박꽃' 모두 평범한 대상을 꽃에 비유하여 특별한 의미를 부여하고 있다.

20. 가치의 발견 _ 309~310쪽

1. 시련과 절망의 상황, 삶의 한계
2. 구름 밑을 천천히 쏘다니는 개처럼
3. 오랜 세월이 지난 후라는 가정을 통해 미래의 상황에서 회상하게 될 젊은 날의 삶에 대한 후회와 그에 대해 반성하는 방식으로 전개하고 있다.
4. 푸른 하늘과 푸른 별
5. 푸른 하늘은 자신을 새롭게 씻어 주는 존재이면서, 시적 화자에게 삶의 기쁨을 부여하는 존재이기도 하다.
6. 뜰'은 담 너머에 피어나고 있는 잎을 바라보면서 잎이 단순히 자연물이 아니라 인간과 같은 생명과 가치를 지닌 존재로 그리고 있다. 특히 잎을 형태적으로 유사한 인간의 손바닥으로 의인화함으로써 잎이 지닌 생명력을 효과적으로 표현하고 있다. 이는 잎에 대한 인식적 가치의 확장이라고 볼 수 있다. 이를 내면화하려면, 식물의 잎을 가까이에서 바라본 경험이나 식물에 대해 특별한 가치를 부여할 수 있었던 경험을 상기해 본다면 시를 내면화하는 데 효과적일 것이다.
7. 새나 벌레와 같이 사람들도 나무에 깃들여 살고 있다고 생각하고 있다. 사람도 나무가 내어 주는 공기는 물론이고 나무로부터 많은 혜택을 받으며 살고 있다.

집필을 도와주신 연구위원 선생님들

1. 초등학교

강미순 인천 주안북초 교사
고희정 경기 흥덕초 교감
김 정 전남 진도초 교사
김선희 제주 동광초 교감
김성미 울산 약사초 교사
김영숙 경남 사파초 교감
김영희 경기 용인 한일초 교사
김영희 경남 칠서초 교사
김재수 경남 의령 정곡초 교사
김태년 경기 화성 봉담초 교사
김홍미 경기 남양초 교사
박선옥 경기 화성 청원초 교사
박현용 경북 김천 지동초 교사
서영수 경남 삼정자초 교사
손나영 서울 용원초 교사
신윤경 서울 영희초 교사
신희숙 경남 창원 상남초 교사
심혜경 경남 반송초 교사
안명숙 인천 효성남초 교사
안순선 경기 서해초 교사
안언히 경남 덕절초 교사
양연미 경기 수원 율현초 교사
오장근 전남 해남교육지원청 장학사
은지희 경기 화성 청원초 교사
이가형 경기 화성 청원초 교사
이선경 대구 관문초 교사
이영빈 경기 화성 청원초 교사
이인옥 경기 화성 마도초 교사
이찬민 경기 진접초 교사
임해경 인천 공항초 교사
정혜원 경남 석봉초 교사
조대근 경남 용호초 교사
조완원 충북 종곡초 교사
조윤섭 경기 화성 청원초 교사
차미화 전남 해남서초 교사
최근화 인천 문남초 교사
팽태문 경남 안청초 교사
한선혜 서울 대모초 교사
홍미화 인천 대화초 교사
황기웅 전남 해남동초 교사

2. 중·고등학교 및 대학

감송미 경남 진해여고 국어교사
강상호 경남 진해여고 교장
강인진 서울 광문고 국어교사
고정희 경남 경원중 수학교사
고형순 경남 진해여고 수학교사
구자경 경기 은혜고 국어교사
기원서 인천 송도고 교감
김겸숙 경남 창원 용호고 진로교사
김기창 충남 청신여중 국어교사
김동준 경기도교육청 장학사
김미경 대구 심인고 교사
김미선 충남 천안 백석중 국어교사
김미숙 강원 진광중 국어교사
김미아 대구 경북여고 교사
김미자 경북 도송중 국어교사
김미향 대구 월서중 보건교사
김민정 대구 서변중 교사
김민정 서울 잠실고 사서교사
김민환 경남 김해 율하고 진로교사
김민환 경남 김해율하고 교사
김상수 서울 경희여고 국어교사
김수현 경남 창원 웅동중 교사
김슬옹 세종대 겸임교수
김승현 경남 장유고 교사
김시훈 대구 심인고 교사
김양희 인천광역시교육청 장학사
김영숙 경남 거제 신현중 교사
김영숙 경남 신현중학교 영어교사

김영습 대전 동아마이스터고 교사
김우영 경기 안양여고 영어교사
김은희 강원 강일여고 국어교사
김정규 대구 도원중 교사
김정미 경북 구미 형남중 교사
김정숙 경남 경상대부중 교사
김정희 서울 중산고 국어교사
김종두 대구 심인고 수석교사
김진희 경남 마산여고 사서교사
김형남 경남 김해고 교사
김혜연 인천 강화고 사서교사
김혜은 광주 석산고 사서교사
김흔정 충남 정산중 특수교사
김희진 경남 진해여고 화학교사
남성호 대구 대천고 교사
노연실 강원 진광고 국어교사
명영자 경남 진해여고 음악교사
목진덕 서울 남강중 영어교사
박 탄 강원 원주대성중 국어교사
박근영 경남 김해고 교사
박동규 경남 내동중 국어교사
박동연 경북 구미 형남중 교사
박성완 경남 창원 웅동중 교사
박연희 경남 거제 신현중 교사
박영우 광주 서석고 국어교사
박정미 경북 구미 형남중 교사
박정미 경북 포항 창포중 교사
박정미 대구 운암고 교사
박정애 서울교대 강사
박종표 경남 창원 중앙중 체육교사
박헌규 경북 영천 영동중 교사
반외경 대구일중 진로교사
배종규 서울 압구정고 사회교사
서숙희 경북 포항 환호여중 교사
서정화 경남 합천여고 교사
손봉순 부산 구남중 교사
손소현 경남 창원명지여고 교사
송경란 경남 창원 토월중 교사
송경란 경남 창원 토월중 보건교사
신경애 경남 진해여고 진로교사
신주용 경남 진해여고 영어교사
신지영 인천 부개고 영어교사
신홍규 서울 한대부고 국어교사
심경애 강원 강일여고 수석교사
안혜선 울산 남외중 교사
예경순 서울교대 강사
우동식 경상북도교육청 장학사
유은숙 경남 반송여중 한문교사
윤석훈 대전 동아 마이스터고 영어교사

윤종훈 경북 상산전자고 교사
이명진 경기 청심국제고 국어교사
이미라 대전 성모여고 국어교사
이봉휘 전북과학고 국어교사
이성봉 경북 포항 환호여중 교감
이수진 인천 청라고 사회교사
이숙경 경남 창원 신월고 진로교사
이순희 경기 이매중 진로교사
이승룡 경북 구미 형남중 교사
이영미 대구 경북여정보고 과학교사
이영숙 부산 예술중 교사
이윤희 베트남 하노이국제학교 국어교사
이정애 대구 불로중 수석교사
이주은 서울 방이중 도덕교사
이준경 경북 구미 형남중 교사
이진아 경남 양산고 교사
이현주 인천 명현중 국어교사
이혜경 대구 범물중 교사
이희숙 부산 남천중 국어교사
이희진 경기 인덕원고 국어교사
임민정 광주 조선대여고 사서교사
임선하 현대창의연구소장
임종웅 경남 월산중 과학교사
정미영 익산 어양중 국어교사
정미희 대구 성지중 교사
정선미 경남 팔룡중 음악교사
정연옥 부산진중 국어교사
조명심 경남 창원 중앙중 사회교사
조영만 원주교육지원청 장학사
조은영 경남 진해여고 지리교사
조은영 서울 개포중 국어교사
조현지 강원 김화공고 국어교사
차군자 경남 창원 대암고 사회교사
채향화 강원 진광고 국어교사
최기재 전북 전라고 국어교사
최길순 광주 경신여고 사서교사
최선길 부산 광명고 국어교사
최영임 충남 공주사대부고 교사
최영희 전북 원광여고 국어교사
최은정 경북 김천중 수학교사
최재현 대구 동도중 진로교사
최준호 경북 김천고 국어교사
하미정 경남 창원과학고 국어교사
하은정 경남 창원 중앙중 영어교사
홍미화 대구 청구중 진로교사
황석범 강원 춘천여고 도덕교사
황왕용 전남 순천 남산중 사서교사
황주호 경남 창원교육지원청 장학사
황혜정 경북 구미 형남중 교사